图书在版编目（CIP）数据

中华寓言故事 / 马建军编译. --西安：三秦出版社，2017.9
（2018.8重印）
（中华经典国学口袋书 / 徐喜平主编）
ISBN 978-7-5518-1582-6

Ⅰ. ①中… Ⅱ. ①马… Ⅲ. ①寓言－作品集－中国
Ⅳ. ①I277.4

中国版本图书馆CIP数据核字（2017）第193900号

出 品 人　支旭仲
项目策划　匡俊英　白忠平
责　　编　党秋妮
封面设计　陈　非
版式设计　高东海
内文排版　白英华

出版发行　陕西新华出版传媒集团　三秦出版社
地　　址　西安市北大街147号
电　　话　（029）87205121
网　　址　http://www.sqcbs.cn

规　　格　720mm × 910mm　1/32
　　　　　印张7　彩插7　字数70千字
印　　刷　西安新华印务有限公司（独家承印）
版　　次　2017年9月第1版　2018年8月第3次印刷
标准书号　ISBN 978-7-5518-1582-6
定　　价　18.00元

凡有缺页、倒页、脱页，可与工厂直接调换。电话：029-84273850

中华寓言故事

马建军·编译

陕西新华出版传媒集团
三秦出版社

中华寓言故事

马建军 · 编译

三秦出版社
陕西新华出版传媒集团

出版说明

中华文明源远流长，上下五千年，圣贤相继，英才辈出，他们殚精竭虑、呕心沥血，为后人留下了一部部经典作品。这些“经典”如同金砖玉瓦，构建成了一座金碧辉煌的殿堂，我们称之为“国学”。其内容宏富，博大精深，可谓是中华思想文明的浓缩，中国传统文化的精髓，是先贤遗留下的宝贵精神财富，值得好好传承和大力弘扬。越来越多的人们认识到其价值，读国学、诵经典的热潮正在蓬勃兴起，既有数字阅读的风生水起，更有坚守或者回归传统纸质阅读的蔚然成风。

读纸质书，无疑有着其他阅读方式所无法比拟的独特体验，一册在手，可以边读边做批注、写札记、勾画重点，也可以掩卷深思，细细品读。这种探究式阅读方式，有利于人们学习知识、启迪智慧、提升修养、提高境界，也有利于培养孩子们安静学习、锤炼思想、闻着书香做学问的良好习惯。

为了倡导全民阅读，特别是推进纸质阅读，营造爱书、品书氛围，同时考虑到当下人们的生活日趋丰富多彩且节奏加快，闲暇时间越来越碎片化，读书时间相对减少，我们从浩如烟海的国学经典中精心遴选了80部，并对书的内容作了适度精简，编辑出版了“中华经典国学口袋书”系列丛书，希望吸引更多的人回归传统阅读，重视国学经典。“口袋书”，顾名思义就是可以放在口袋里的书籍，其目的就是为读者奉献易于携带、便于翻阅、开卷有益的精神食粮。使他们于居家出行、茶余饭后，随时信手展读，含英咀华，增知怡情。

本丛书涵盖了经史子集、诗词曲赋、笔记信札、经典名句赏析，可谓贯通古今、包罗万象，能够最大限度满足各层面读者的阅读需求。书中既有对照古籍原文的“白话文”，又有介绍典故出处、时代背景、人物事迹等辅助阅读的“注释”，还配以帮助读者理解和提高的“赏析”。使对国学造诣程度各异的读者都可以做到读通、读懂，真正做到了老少皆宜、雅俗共赏。

这套书不仅在内容上编排严谨、注解精当；在外观上也充分彰显书籍之美，版式新颖，设计考究、印装精美，必定会成为您工作生活中的良师益友，带给您全新的阅读感受。

前　言

寓言是一种用故事来寄寓道理的文学体裁，是含有讽喻或明显教育意义的故事。多用借喻手法，通过故事借此喻彼，借小喻大，使富有教育意义的主题或深刻的道理在简单的故事中体现出来。寓言的主旨在于通过虚构的故事，表现作者或世人关于某种生活现象、心理和行为的批评或教训。

寓言原是民间口头创作，后为文人作家所采用，发展成为文学中的一种体裁。中国春秋战国时代，寓言相当盛行。在先秦诸子百家的著作中，有不少寓言保存下来。如在《孟子》、《庄子》、《韩非子》以及《吕氏春秋》、《战国策》等书中，就运用了不少当时流行的寓言故事。如讽喻拖延改正错误的《攘鸡》，讽刺急于求成、按主观办事的《宋人揠苗》，讥讽只管吹嘘、不能自圆其说的《矛盾》，以及只相信尺码、不相信自己脚的《郑人买履》，还有《守株待兔》、《刻舟求剑》、《画蛇添足》、《鹬蚌相争》等都是中国古代优秀的寓言作品。它们经过先秦诸子的运用，突出了哲理性和说服力。其中有不少作品，在后世被传为警句、格言。

寓言，是一种古老的文体，也是一种极具生命力的艺术。它们不仅对后世的文学艺术产生了深远的影响，而且随着历史的脚步，走进了一代又一代人们的生活。像《杞人忧天》、《东施效颦》、《掩耳盗铃》、《滥竽充数》、《狐假虎威》、《夜郎自大》已成为今天家喻户晓的故事。

《中华寓言故事》共收录先秦至清代的寓言二百余例，故事内容用通俗的现代汉语写成，材料真实可靠，读后可以了解寓言的来龙去脉及思想含义。此外，本书以寓言名称的汉语拼音顺序为排序方式，以便读者查阅。同时还配有大量精美的插图，尤其适合广大青少年读者阅读。

目 录

哀溺 /001
按图索骥 /002
百发百中 /003
暴富 /005
杯弓蛇影 /006
扁鹊见秦王 /007
扁鹊说病 /008
卞庄子刺虎 /010
炳烛之明 /011
剥地皮 /012
不禽不兽 /013
不食盗食 /015
不死之药 /016
藏贼衣 /017
操舟若神 /019
曹娥善歌 /020
肠烂将死 /022
朝三暮四 /023
城门失火 /024
吃素 /025
齿亡舌存 /026
丑人效颦 /027
楚人学齐语 /028
楚人有两妻者 /029
楚有善为偷者 /030
处女遇盗 /033
唇亡齿寒 /033
东食西宿 /034
对牛弹琴 /035
恶狗溺井 /036
二技致富 /037
方舟济河 /038

冯妇搏虎 /039
高山流水 /040
割肉自啖 /041
弓与矢 /042
公输削鹊 /043
公仪休嗜鱼 /044
勾践事吴 /045
古琴高价 /046
关尹子教射 /048
邯郸学步 /049
寒号虫 /050
好沤鸟者 /051
合本作酒 /051
和氏献璧 /052
涸泽之蛇 /054
涸辙之鲋 /055
狐假虎威 /057
画蛇添足 /058
换手指 /059
回生之术 /060
击鼓戏民 /061
鸡犬皆仙 /062
急不相弃 /063
纪昌学射 /064
稷之马将败 /066
骥遇伯乐 /068
匠石运斤 /069
狡狐搏雉 /070
截竿入城 /071
借衣 /072
金翅鸟之死 /073
金钩桂饵 /074
荆人涉澭 /075
荆人畏鬼 /076
惊弓之鸟 /077
精卫填海 /079
埳井之蛙 /080
景公饮酒 /082
九方皋相马 /083
橘与枳 /086
苛政猛于虎 /087
刻削之道 /088
刻舟求剑 /089
恐钟有声 /090

刳马肝 /091
夸父追日 /093
鲲鹏与斥鴳 /093
滥竽充数 /095
狼子野心 /096
老虎求生 /097
老马识途 /098
乐羊食子 /099
两败俱伤 /100
两小儿辩日 /101
猎者得麋 /102
林回弃璧 /103
笼鸟减食 /104
鲁人徙越 /105
麻雀请宴 /106
马价十倍 /108
买凫猎兔 /109
卖宅避悍 /110
毛嫱与西施 /111
矛盾 /112
美与丑 /113
蒙鸠为巢 /114
麋虎俱坠亡 /114
莫砍虎皮 /115
南辕北辙 /116
猱搔虎痒 /118
藕如船 /119
庖丁解牛 /120
齐人有好猎者 /123
杞人忧天 /124
千里买首 /125
千万买邻 /127
黔之驴 /128
强取人衣 /129
窃疾 /130
窃金不止 /132
曲高和寡 /133
曲突徙薪 /134
劝学 /135
染丝 /136
攘鸡者 /137
任公子钓大鱼 /138

塞翁失马 /140
三人成虎 /141
社　　鼠 /143
生子容易作文难 /144
食　　肉 /145
守株待兔 /146
熟能生巧 /147
死后不赊 /148
宋人御马 /149
螳螂搏轮 /150
田父得玉 /151
田鸠见秦王 /152
田子方赎老马 /153
同舟共济 /154
剜股藏珠 /155
亡羊补牢 /156
望洋兴叹 /158
为盗之道 /160
卫人嫁子 /162
畏影恶迹 /163
献　　鸠 /164
相法不准 /165
相 剑 者 /166
薛谭学讴 /168
学皆不精 /169
学 屠 龙 /170
学　　弈 /170
揠苗助长 /172
掩耳盗钟 /172
晏子使楚 /173
燕雀相乐 /175
杨布打狗 /176
养猿于笼 /177
叶公好龙 /178
夜狸偷鸡 /179
一钱莫救 /180
欹　　器 /181
疑邻窃铁 /182
以猫饲雏 /183
以屠知女 /184
一叶障目 /185
引婴投江 /186

郢书燕说 /187
有钱者生 /188
有天没日 /189
愚公移山 /190
与狐谋皮 /193
鹬蚌相争 /194
远水不救近火 /195
越王好勇 /196
臧谷亡羊 /197
造父学御 /198
曾母投杼 /200
曾子杀彘 /202
赵襄主学御 /203
郑人买履 /204
指鹿为马 /205
智子疑邻 /207
周人怀璞 /208
邹忌比美 /208

哀溺

永之氓咸善游。一日，水暴甚，有五六氓乘小船绝湘水。中济，船破，皆游。其一氓尽力而不能寻常。

其侣曰：“汝善游最也，今何后为？”

曰：“吾腰千钱，重，是以后。”

曰：“何不去之？”不应，摇其首。有顷，益怠。已济者立岸上，呼且号曰：“汝愚之甚！蔽之甚！身且死，何以货为？”又摇其首，遂溺死。吾哀之。且若是，得不有大货之溺大氓者乎？

唐·柳宗元《柳宗元集》

【译文】

永州的老百姓都很会游泳。一天，河流突然涨了很大的水。有五六个人乘小船横渡湘水，渡到河中间时，船破了，人们都奋力向对岸游去。其中一个人尽力游也不能像平常那样游得快。

他的同伴说：“你是最会游泳的，今天为什么落后了？”

他回答说："我腰身上缠着千文钱，太重了，所以落后了。"

同伴又说："为什么不扔掉它呢？"他没有答应，只摇摇头。过了一会儿，他更加疲惫了。已经游到岸上的同伴大声地向他呼号道："你愚蠢到了极点，蒙昧到了极点！生命都保不住了，还要钱干什么？"这个人仍是摇着自己的脑袋，结果被淹死了。我很可怜他。况且如果这样，难道更多的人不会因为巨额钱财而淹死吗?

【说明】

这则寓言告诫人们，那种过分贪图钱财，甚至把钱财置于生命之上的人，必然葬身其中。

按图索骥

伯乐《相马经》有"隆颡蚨日，蹄如累麴"之语。其子执《马经》以求马。出见大蟾蜍，谓其父曰："得一马，略与相同；但蹄不如累麴尔！"

伯乐知其子之愚，但转怒为笑曰："此马好跳，不堪御也。"

所谓"按图索骥"也。

明 · 杨慎《艺林伐山》

【译文】

伯乐《相马经》里有“高大的额头，像铜钱般圆大的眼睛；蹄子圆大而端正，像堆叠起来的曲块”的话语。他的儿子就手拿着这本《马经》去找千里马。他出门看见一只大癞蛤蟆，对他的父亲说：“我找到了一匹马，与书上写的大略相同，只不过蹄子不像堆叠起来的曲块罢了！”

伯乐知道自己儿子愚蠢，只好转怒为笑地说：“这匹马喜欢跳跃，不好驾驭呀！”

这就是所谓的“按图索骥”！

【说明】

这则寓言告诫人们，认识事物，必须通过实践，透过表象，抓住事物的本质特点，不能生搬硬套，只拘泥成法办事。

百发百中

楚有养由基者，善射。去柳叶者百步而射之，百发百中。左右皆曰善。

有一人过曰：“善射，可教射也矣。”

养由基曰：“人皆曰善，子乃曰可教射，子何不代我射之也？”

客曰：“我不能教子支左屈右。夫射柳叶者，百发百中，而不以善息，少焉气力倦，弓拨矢钩，一发不中，前功尽矣。”

《战国策·西周》

【译文】

楚国有个叫养由基的人，很善于射箭。离开柳树一百步而射树叶，百发百中。左右的人都叫好。

有个人从旁走过来说：“你已经善于射箭，可以教给你如何学射了。”

养由基说：“人人都叫好，你却说可以教我如何学射，你何不代我射它一下？”

这个人说：“我不能教你左臂支起来持弓、右臂弯曲持箭的射箭方法。那种射柳叶的功夫，虽然百发百中，但是不知道在适当的时候停息一下，过一会儿就会气力倦怠，弓也拉不开，箭也歪歪扭扭，一箭射不中，那便前功尽弃了。”

【说明】

这篇寓言说明做事情要适可而止，取得成功后应善于休息调整，否则将前功尽弃。

暴　富

人有暴富者，晓起看花，啾啾称疾。

妻问何疾？

答曰：“今早看花，被蔷薇露滴损了，可急召医用药！”

其妻曰：“官人你却忘了当初和你乞食时，在苦竹林下被大雨淋了一夜，也只如此？”

明 · 冯梦龙《广笑府 · 偏驳》

【译文】

有个暴富者，早晨起来看花之后，有气无力地呻吟自己有病。

妻子问他什么病？

他回答说：“今天早晨看花时，被蔷薇露水滴伤了，可否快点请医生来诊治！”

他的妻子说：“老爷呀！你忘了当年我和你一起在外面乞讨的情景，当初在苦竹林下被大雨淋了一夜，我们不是也过来了吗？今天早晨的露水算得了什么？”

【说明】

这说明暴富者一旦有了钱，就忘了过去，自娇自贵，令人作呕。

杯 弓 蛇 影

（乐广）尝有亲客，久阔不复来，广问其故，答曰：“前在坐，蒙赐酒，方欲饮，见杯中有蛇，意甚恶之，既饮而疾。”

于时，河南听事壁上有角，漆画作蛇，广意杯中蛇即角影也。复置酒于前处，谓客曰：“酒中复有所见不？”答曰：“所见如初。”广乃告其所以。客豁然意解，沉疴顿愈。

唐 · 房玄龄《晋书 · 乐广传》

【译文】

乐广曾经有一个极为亲密的朋友，分别很久不见再来，乐广问他是什么原因好久没有来。朋友回答说：“前些日子来你家做客，你请我喝酒。我正要喝的时候，突然看见杯中有一条蛇，当时心里甚为厌恶。喝下去以后，我就病倒了。”

当时，乐广家里的墙壁上挂着一支弓，那弓上用油漆画了一条蛇。乐广心里猜想客人所见杯中的蛇，也许就是这支弓的影子。于是重新倒了一杯酒，放在原先的位置上，问客人道："你在这酒中有没有看见什么？"

客人回答说："我所看到的，同上次见到的一样。"乐广就向客人讲明了原因，使他明白杯中的蛇不过是弓的倒影。客人心中的疑团一下子解开了，久治不愈的毛病顷刻间就好了。

【说明】

一个人要胸怀坦荡，不疑神疑鬼，才能健康愉快。

扁鹊见秦王

医扁鹊见秦武王，武王示之病，扁鹊请除。

左右曰："君之病，在耳之前，目之下，除之未必已也，将使耳不聪，目不明。"君以告扁鹊。

扁鹊怒而投其石，曰："君与知之者谋之，而与不知之者败之。使此知秦国之政也，则君一举而亡国矣。"

《战国策·秦二》

【译文】

名医扁鹊进谒秦武王，武王把自己的病情告诉扁鹊。扁鹊便答应给他治病。

但是，武王左右的人却说："国君，你的病在耳朵的前面，眼睛的下面，要医治它未必能断根，反而会把耳朵搞聋，眼睛搞瞎。"武王就把这些话告诉了扁鹊。

扁鹊一听十分恼怒，立刻把石针扔掉了，并对武王说：“国君，你与懂医道的人商量好了的事，却又给不懂医道的人破坏了，假使像这样去管理秦国的政治啊，那么君王很快就要亡国了！”

【说明】

它告诫人们，治国同治病一样，也要依靠各方面的内行，依靠有真知灼见的人才，否则，国家是治理不好的。

扁鹊说病

扁鹊见蔡桓公，立有间，扁鹊曰：“君有疾在腠理，不治将恐深。”

桓侯曰：“寡人无疾。”

扁鹊出，桓侯曰：“医之好治不病以为功。”

居十日，扁鹊复见曰：“君之病在肌肤，不治将益深。”桓侯不应。扁鹊出，桓侯又不悦。

居十日，扁鹊复见曰：“君之病在肠胃，不治将益深。”桓侯又不应。扁鹊出，桓侯又不悦。

居十日，扁鹊望桓侯而还走。桓侯故使人问之，扁鹊曰：“疾在腠理，汤熨之所及也；在肌肤，针石之所及也；在肠胃，火齐之所及也；在骨髓，司命之所属，无奈何也。今在骨髓，臣是以无请也。”

居五日，桓公体痛，使人索扁鹊，已逃秦矣。桓侯遂死。

《韩非子·喻老》

【译文】

神医扁鹊拜见蔡桓公，在旁边站了一会儿。扁鹊说：“我看君王皮肤上有点小病，要是不及时诊治，恐怕病要深入体内。”

蔡桓公毫不在意地说：“我没有什么病。”扁鹊就告辞出去了。蔡桓公说：“当医生的就喜欢给没有病的人治病，以此来邀功请赏。”

过了十天，扁鹊又拜见蔡桓公，说：“我看君王的病已发展到了肌肉里面去啦，再不医治，恐怕还会加深呢！”蔡桓公还是没有理睬他。扁鹊又只好告辞出去了，蔡桓公仍然不高兴。

又过了十天，扁鹊又来拜见，说：“我看君王的病已发展到了肠胃里去了，要是不及时治疗还会更深。”蔡桓公还是没有理睬他。扁鹊出去后，蔡桓公仍然不高兴。

再过了十天，扁鹊老远望见蔡桓公，就掉头走了，蔡桓公便派人去问扁鹊为什么不说话就走了呢？扁鹊说：“皮肤病用汤药洗或热敷就能见效；发展到皮肉之间，用针灸可以治好；病在肠胃服几剂汤药也还能治好；一旦深入骨髓，那只能由阎王爷作主了，医生是无能为力的。现在君王的病已经深入骨髓，所以我不再请求为他治病。”

五天以后，蔡桓公浑身疼痛，派人去找扁鹊，扁鹊已逃到秦国去了。不久，蔡桓公就病死了。

【说明】

它告诉人们，一个人的错误和缺点，应该及时改正，如果任其发展，由小变大，由轻变重，后果就不堪设想了。

卞庄子刺虎

卞庄子欲刺虎，馆竖子止之，曰：“两虎方且食者牛，食甘必争，争则必斗，斗则大者伤，小者死。从伤而刺之，一举必有双虎之名。”卞庄子以为然，立须之。有顷，两虎果斗，大者伤，小者死。庄子从伤者而刺之，一举果有双虎之功。

《史记·张仪列传》

【译文】

卞庄子要去刺杀老虎，旅馆里的一个孩子制止他说：“两只虎正在吃那头牛，当它们吃得很香的时候，就要抢起来的；一抢必定互斗；斗的结果必然是大虎受伤，小虎死亡。到那时，你再朝着受伤

的老虎刺去，必可得到杀死两只老虎的美名。”卞庄子认为这个孩子讲得对，就站着等待。过了片刻功夫，两只老虎果然斗起来了，结果大虎受伤，小虎死了。卞庄子再朝那只受伤的大虎刺去，这一下子果然立下了杀死两只老虎的功劳。

【说明】

这则寓言告诉我们：只有善于分析矛盾，利用矛盾，把握时机，有智有勇，才能收到事半功倍的效果。

炳烛之明

晋平公问于师旷曰：“吾年七十欲学，恐已暮矣！”

师旷曰：“何不炳烛乎？”

平公曰：“安有为人臣而戏其君乎？”

师旷曰：“盲臣安敢戏其君乎！臣闻之，少而好学，如日出之阳；壮而好学，如日中之光；老而好学，如炳烛之明。炳烛之明，孰与昧行乎？”

平公曰：“善哉！”

西汉·刘向《说苑·建本》

【译文】

晋平公询问师旷说："我今年七十岁了，想再学习，恐怕为时晚了！"

师旷说："你为什么不点燃蜡烛来照明呢？"

晋平公说："哪里有做人臣的人戏弄他的国君呢？"

师旷说："盲臣哪里敢和国君开玩笑呀！臣听说：少年而好学习，像早晨温和的太阳；壮年而好学习，像中午的太阳光；老年而好学习，像点燃的蜡烛发出亮光来。点燃的蜡烛照起亮光，还有谁会在昏暗中行走呢？"

晋平公听后说："好极了！"

【说明】

这则寓言说，人到七十岁，想要学习，为时不晚，它告诫人们，学习不分老少，活到老学到老，精益求精，永远受益。

剥地皮

一官甚贪，任满归家，见家属中多一老叟，问："此是何人？"

叟曰："某县土地也。"

问："因何到此？"

叟曰："那地方的地皮都被你剥将来，教我如何不随来？"

清 · 石成金《笑得好》

【译文】

有一个贪官，任期满后回家，看见家属中多了一个老汉，便问道："你是谁？"

老汉回答说："我是某县的土地爷爷。"

贪官问道："你为什么到我这里来？"

老汉说："某县的地皮都被你剥夺过来了，叫我怎能不随土地而来呢？"

【说明】

这则寓言故事用夸张的艺术手法，把贪官的贪婪面目生动形象地描绘出来了。

不禽不兽

凤凰寿，百鸟朝贺，惟蝙蝠不至。凤责之曰："汝居吾下，何踞傲乎？"蝠曰："吾有足，属于兽，贺汝何用？"

一日，麒麟生诞，蝠亦不至。麟亦责之。蝠曰："吾有翼，属于禽，何以贺与？"

麟、凤相会，语及蝙蝠之事，互相慨叹曰："如今世上恶薄，偏生此等不禽不兽之徒，真个无奈他何！”

明·冯梦龙《笑府·杂语》

【译文】

凤凰做寿，百鸟飞来朝贺，惟独蝙蝠不到。凤凰责备说：“你在我位下，为何傲慢不恭？”蝙蝠说：“我有脚，属于兽类，为你祝贺生日有什么用呢？”

又一天，麒麟生日，也是惟独蝙蝠不到。麒麟也责怪它。蝙蝠辩解说：“我有翅膀，属于飞禽，以什么名义来祝贺你呢？”

麒麟和凤凰相会，谈到蝙蝠的事，互相慨叹说：“如今世道恶劣浅薄，偏偏生出这类不禽不兽的东西，真的拿它没办法呀！”

【说明】

一些卑鄙无耻的人没有明确的立场，耍两面派，根据自己的利益需求来改换身份。

不食盗食

东方有人焉，曰爰旌目，将有适也，而饿于道。

狐父之盗曰丘，见而下壶餐以哺之。

爰旌目三哺而后能视，曰：“子何为者也？”

曰：“我狐父之人丘也。”

爰旌目曰：“嘻！汝非盗邪？胡为而食我？吾义不食子之食也。”

两手据地而呕之，不出，喀喀然遂伏而死。

《列子·说符》

【译文】

东方有一个人，名字叫爰旌目，准备到远地去，但在半路上已经饿得奄奄一息。

狐父地方有个叫丘的强盗，见他饿倒在地上，便拿来一些汤水饭喂给他吃。

爰旌目吃了三口以后，眼睛能看得见东西了，一看到丘，就问：“你是干什么的呢？”

丘回答说：“我是狐父人，名字叫丘。”

爰旌目说：“呀，你不就是那个强盗吗？为什么还喂我饭食呢？

我是一个讲仁义的人，不吃你们强盗送来的饭！”

说罢，他便两手趴在地上用力呕吐，呕吐不出来，喉咙里格格作声地趴在地上死去了。

【说明】

这则寓言说，爰旌目坚持廉洁方正的原则，是可敬的。但他未免过于迂执。是讽刺那些所谓讲仁义的人是何等愚蠢可笑，不识时务，结果只能是饿死在路上。

不死之药

有献不死之药于荆王者，谒者操以入。中射之士问曰：“可食乎？”曰：“可。”因夺而食之。

王怒，使人杀中射之士。中射之士使人说王曰：“臣问谒者，谒者曰可食，故臣食之。是臣无罪，而罪在谒者也。且客献不死之药，臣食之而王杀臣，是死药也。王杀无罪之臣，而明人之欺王。”王乃不杀。

《战国策·楚策》

【译文】

有人向楚王献上长生不死的药，负责传达的门官——谒者拿着药走入宫中。一个宫中卫士看见后问道：“可以吃吗？”谒者回答说：“可以。”卫士于是就把药抢过来吃了。

楚王为此甚为恼怒，就要派人杀死这个卫士。这个卫士托人劝说楚王：“我问谒者，谒者说可以吃，我因此才吃了。这件事我没罪，罪过在谒者那儿。再说客人献的是长生不死的药，我吃了这药，大王却要杀死我，这药成了催命的药了。大王如果杀了无罪的臣子，那就证明别人在欺骗大王了。”楚王于是不杀这个卫士。

【说明】

这篇寓言说明，做事要认真分析，不可轻信虚妄之说。

藏 贼 衣

有一贼入人家偷窃，奈其家甚贫，四壁萧然，床头止有米一坛。贼自思：将这米偷了去，煮饭也好。因难于携带，遂将自己衣服脱下来，铺在地上，取米坛倾米包携。

此时床上夫妻两口，其夫先醒，月光照入屋内，看见贼返身取米时，夫在床上悄悄伸手，将贼衣抽藏床里。贼回身寻衣不见。其妻后醒，慌问夫曰：“房中习习索索的响，恐怕有贼么？”夫曰：“我醒着多时，并没有贼。”

这贼听见说话，慌忙高喊曰：“我的衣服，才放在地上，就被贼偷了去，怎的还说没贼？”

清·石成金《笑得好》

【译文】

有一个贼窜入人家去偷窃，这家人家很贫穷，四壁空荡，惟有床头边一坛米。这个贼心想：将这坛米偷回去，可以煮饭吃。因为难于携带，就将自己的衣服脱下来，铺在地上，然后去搬米坛，想把米倾倒在衣服上包好带走。

此时，床上夫妻两口，丈夫先醒，月光照入屋内，看见贼返身去搬米坛时，丈夫在床上悄悄伸手，将贼铺在地上的衣服偷偷地藏在床里。贼回转身来，寻衣不见了。妻子后醒，听见有声响，慌忙问丈夫：“房间里有窸窣的声响，恐怕有贼吧？”丈夫安慰说：“我醒了好长时间了，并没有发现什么贼。”

这个贼听见有人在说话，慌忙高声喊道：“我的衣服，刚才放在地上，就被贼偷去了，怎么还说没贼呢？”

【说明】

它告诉人们，企图谋算人的人往往会落得反被人谋算的可耻下场。

操舟若神

颜渊问乎仲尼曰：“吾尝济乎觞深之渊矣，津人操舟若神。吾问焉，曰：‘操舟可学邪？’曰：‘可。能游者可教也，善游者数能。乃若夫没人，则未尝见舟而谡操之者也。’吾问焉而不告，敢问何谓也？”

仲尼曰：“譩！吾与若玩其文也久矣，而未达其实，固且道与！能游者可教也，轻水也；善游者之数能也，忘水也。乃若夫没人之未尝见舟而谡操之也，彼视渊若陵，视舟之覆犹其车却也。覆却万方陈乎前而不得入其舍，恶往而不暇？以瓦抠者巧，以钩抠者惮，以黄金抠者惛。其巧一也，而有所矜，则重外也。凡重外者拙内。”

《列子·黄帝》

【译文】

颜渊问仲尼说：“我曾在觞深搭船过河，那摆渡的船夫驾起船来巧妙如神。我问道：‘驾船可以学会吗？’他回答说：‘可以。能游泳的人就可以施教了，有游泳特长的人多练习也就会了。至于那些会潜水的人，即使平日没见过船，一旦见到就立即会操作。’我问他他不直接回答，请问他说的是什么意思呢？”

孔　子

仲尼答道："唉！我和你看表面的东西太久了，却没有了解它的实际，所以姑且说说吧！能游泳的人可以进行教导，使他不害怕水；善于游泳的人多次练习就会，因为他已经忘掉水的可怕。至于那会潜水的人没见过船，一旦看见就能驾船，是由于他把深渊看作丘陵，把翻船看得如同倒车。翻船、倒车的种种危险场面出现在眼前他也不往心里去，怎么能不轻松自如呢？这正如赌博的人一样，用瓦片当赌注，赌起来轻巧自如；用带钩当赌注，心中便有了顾虑；用黄金当赌注，恐惧心重，会搞得心神昏乱。赌博的技巧原是相同的，如果心里有所顾忌，便过分看重得失。凡是患得患失的人，内心一定笨拙。"

【说明】

这篇寓言是说，要真正成为技术超群的人，必须熟悉施展才干的环境，并且抛开患得患失心理。

曹娥善歌

曹娥东之齐，匮粮，过雍门，鬻歌假食。既去而余音绕梁欐，三日不绝，左右以其人弗去。过逆旅，逆

【画锦春图】轴 局部 ［清］郎世宁 中国台北故宫博物院藏 71－1

【画锦春图】轴 局部 〔清〕郎世宁 中国台北故宫博物院藏 71-1

旅人辱之。曹娥因曼声哀哭，一里老幼悲愁，垂涕相对，三日不食，遽而追之。娥还，复为曼声长歌。一里老幼喜跃抃舞，弗能自禁，忘向之悲也。乃厚赂发之。故雍门之人，至今善歌哭，放娥之遗声。

《列子·汤问》

【译文】

曹娥到东面的齐国去，途中断粮，路过雍门，只得靠卖唱谋生。在她离开后，歌声的余音还在屋梁上回荡，三天都没有消失，周围的人以为她还没有离开。她住客店，客店里的人侮辱了她。曹娥因之拉长嗓音痛哭一场，全乡老幼都伤心愁闷，唏嘘流泪，三天吃不下饭，人们又急忙把她追回来。曹娥回来后，再为乡亲们高歌一曲，全乡老少高兴得鼓掌跳舞，控制不住自己的感情，忘掉了前时的悲伤。于是大家慷慨解囊，拿出丰厚的财物送她走。雍门的人之所以到现在还特别善于唱歌、痛哭，那是由于仿效了曹娥遗留下来的歌声。

【说明】

这篇寓言是说真正的艺术有极强的感染力。

肠烂将死

赵伯公肥大，夏日醉卧。孙儿缘其肚上戏，因以李子内其脐中，累七八枚。既醉，了不觉。

数日后，乃知痛。李大烂，汁出，以为脐穴，惧死，乃命妻子处分家事。乃泣谓家人曰：“我肠烂将死！”

明日，李核出，乃知孙儿所内李子也。

三国·魏·邯郸淳《笑林》

【译文】

赵伯公身体长得肥胖高大，夏天喝醉了酒仰卧在床上。他的小孙子爬到他的肚子上去玩耍时，把一只只李子塞进他的肚脐里，共有七八枚之多。因为当时已喝得酩酊大醉了，一点也没有感觉到。

几天之后，才觉得有些疼痛。这时，李子已经腐烂，流出汁儿来，他以为是肚脐烂了一个窟窿，害怕马上会死去，就叫他的妻子赶快处理家庭后事。他哭着对家人说：“我的肠子烂了，快要死了！”

第二天，李子核从肚脐眼里滚出来，才知道这是小孙儿塞进去的李子呀。

【说明】

这则寓言故事告诉人们，遇事不做调查研究，只看见表面现象就轻下结论，就免不了会闹出“肠烂将死”的笑话。

朝三暮四

宋有狙公者，爱狙，养之成群，能解狙之意，狙亦得公之心。损其家口，充狙之欲。俄而匮焉，将限其食。恐众狙之不驯己也，先诳之曰：“与若芧，朝三而暮四，足乎？”众狙皆起而怒。

俄而曰：“与若芧，朝四而暮三，足乎？”众狙皆伏而喜。

《列子·黄帝》

【译文】

宋国有个狙公，他很喜爱猴子，在家里养了一大群。他能够了解猴子的心理，猴子也能懂得主人的心思。狙公情愿节省家里的口粮，来充当猴子的饲料。不久，他家里的口粮快吃完了，打算限制一下猴子的粮食，但又担心猴子不顺从自己，就先哄骗猴子说：“今后给你们栗子吃，早上三个，晚上四个，够不够呢？”猴子们听了都跳起来，非常生气。

过了一会，狙公又说：

“给你们栗子吃，早上四个，晚上三个，够不够呢？”猴子们一听都趴在地上，非常高兴。

【说明】

这则寓言告诉我们要透过表面现象，看清事物的本质。

城门失火

城门失火，祸及池鱼。

旧说：池仲鱼，人姓字也。居宋城门，城门失火，延及其家。仲鱼烧死。

又云：宋城门失火，人汲取池中水，以沃灌之。池中空竭，鱼悉露死。

喻恶之滋，并伤良谨也。

东汉·应劭《风俗通》

【译文】

城门着了火，大祸降临池中之鱼。

有一种旧的传说：池仲鱼，是一个人的姓名。他居住在宋国城门的旁边，有一天，城门突然着了火，火焰蔓延到他的家里，池仲鱼就活活被烧死了。

又有一种说法：宋国城门起了大火，救火的人都去汲取池子里的水，去浇灭城门大火，结果，池子里的水都被取干了，所有的鱼都露天干死了。

这是比喻坏事的蔓延，必将会伤害善良忠厚的人啊！

【说明】

这则故事告诉人们，没有直接联系的事物之间，也可能存在着某种间接的联系，如果一方出现了问题，另一方也可能遭受祸害。

吃　　素

猫项下偶带数珠，老鼠见之，喜曰："猫吃素矣！"率其子孙诣猫言谢。猫大叫一声，连啖数鼠。老鼠急走，乃脱，伸舌曰："他吃素后越凶了！"

明 · 浮白斋主人《笑林》

【译文】

猫颈项下偶然带起几颗佛珠，老鼠见了，非常高兴地说："猫吃素了！"于是率领自己的子孙拜访猫，表示感谢。猫大叫一声，一连吃掉了好几只鼠。老鼠连忙逃窜，才算脱险，于是伸出舌头，说道："没想到猫吃素后更加凶残了！"

【说明】

它告诫人们，不要被事物的表象所迷惑，否则就会上当受骗，造成损失。

齿亡舌存

（常枞）张其口而示老子曰：“吾舌存乎？”

老子曰：“然。”

“吾齿存乎？”

老子曰：“亡。”

常枞曰：“子知之乎？”

老子曰：“夫舌之存也，岂非以其柔耶？齿之亡也，岂非以其刚耶？”

常枞曰：“嘻！是已，天下之事已尽矣！何以复语子哉？”

西汉·刘向《说苑·敬慎》

【译文】

常枞张开嘴巴给老子看，说道：“我的舌头还留在嘴里吗？”

老子回答说：“留在嘴里。”

“我的牙齿还存在吗？”

老子说：“没有了。”

常枞问：“你知道这是什么道理吗？”

老子说："那舌头所以存在，岂不是因为它的性质是柔软的吗？牙齿的不存在，岂不是因为它的性质是刚硬的吗？"

常枞说："好啊！是这样的。世界上的事情都已包容尽了，我还有什么可以再告诉你的呢？"

【说明】

在实际生活和斗争中，有的时候要柔，有的时候要刚，有的时候则要刚柔结合，需要根据具体情况而定，事物是在不断变化的，不能说只有柔才好，刚都不行，反之亦然。

丑人效颦

西施病心而颦其里，其里之丑人见之而美之，归亦捧心而颦其里。其里之富人见之，坚闭门而不出，贫人见之，挈妻子而去走。

彼知颦美而不知颦之所以美。

《庄子·天运》

【译文】

有一个叫西施的美女患了心口痛的病，难受得紧紧皱着眉头，手按着胸口走过邻家。邻家有个丑女人，看见了西施的模样觉得很美，回家时也模仿西施，故意按着胸口，皱着眉头。邻里的

富人看见她这个样子，就紧紧地关起大门不出去，穷人看见她这个样子，马上带着妻子儿女赶忙躲得远远的。

这个丑女人只知道西施皱着眉头美，却不知道西施皱着眉头为什么美。

【说明】

这则寓言说明，学习别人要有所分析，扬其所长，去其所短；不顾自身条件而机械模仿，往往会事与愿违，适得其反。

楚人学齐语

有楚大夫于此，欲其子之齐语也。……一齐人傅之，众楚人咻之，虽日挞而求其齐也，不可得矣。引而置之庄岳之间数年，虽日挞而求其楚，亦不可得矣！

《孟子·滕文公下》

【译文】

有个楚国的大夫在这里，想要叫他儿子学会说齐国话。……找了一个齐国人来教他，但旁边却有许多楚国人继续用楚国语干扰他，虽然天天用鞭子抽打这个孩子，硬要他学会齐国话，结果还是没有学会。后来，这个大夫把儿子带到临淄庄岳街里的闹市住了几年，很快就学会了，反过来，硬要他说楚国话，即使天天鞭打他，也不会了！

【说明】

这个故事说明不可忽视客观环境、周围风气对人的影响。

楚人有两妻者

楚人有两妻者，人诳其长者，长者詈之；诳其少者，少者许之。居无几何，有两妻者死。客谓诳者曰："汝取长者乎？少者乎？"

曰："取长者。"

客曰："长者詈汝，少者和汝，汝何为取长者？"

曰："居彼人之所，则欲其许我也。今为我妻，则欲其为我詈人也。"

《战国策·秦一》

【译文】

楚国有个人讨了两个老婆。有人勾引他的大老婆，大老婆大骂了一通；当去勾引他的小老婆时，小老婆却答应了。过了没有多久，楚国这个讨两个老婆的人死了，旁人就问这个勾引他老婆的人说："现在你想娶他的大老婆呢，还是想娶他的

小老婆呢？”

勾引的人回答说：“娶大老婆！”

旁人又问：“大老婆骂你，小老婆应允你，你为什么不娶小老婆，而娶大老婆呢？”

勾引的人回答说：“住在别人家时，当然希望她和我相好，现在做我的妻子，当然希望她为我叱责别人啦。”

【说明】

这则寓言故事说，娶妻要娶那不受调戏而骂人的好，因为她坚贞忠诚。

楚有善为偷者

楚将子发好求技道之士，楚有善为偷者，往见曰：“闻君求技道之士，臣偷也，愿以技赍一卒。”子发闻之，衣不给带，冠不暇正，出见而礼之。

左右谏曰：“偷者，天下之盗也，何为之礼？”

君曰：“此非左右之所得与。”

后无几何，齐兴兵伐楚，子发将师以当之，兵三却。楚贤良大夫，皆尽其计而悉其诚，齐师愈强。于是偷进请曰："臣有薄技，愿为君行之。"

子发曰："诺。"不问其辞而遣之。

偷则夜解齐将军之帱帐而献之。子发因使人归之，曰："卒有出薪者，得将军之帷，使归之于执事。"

明又复往，取其枕。子发又使人归之。明日，又复往取其簪。子发又使归之。

齐师闻之，大骇。将军与军吏谋曰："今日不去，楚君恐取吾头。"乃还师而去。故曰：无细而能薄，在人君用之耳。故老子曰："不善人，善人之资也。"

《淮南子·道应训》

【译文】

楚国的将军子发爱好搜罗有技能的人。楚国有一个擅长偷盗的小偷去求见，说："听说你在征集有技能的人。我善于偷盗，愿用盗窃的技能在你部下当一名差役。"子发听了，急忙穿衣戴帽，衣带还来不及系，帽子也没有戴正，就走出门去，非常客气地接待这个小偷。

子发身边的人劝阻他说："这小偷，是天下有名的强盗，为什么对他要如此客气呢？"

子发说："这种技能不是你们所具备的。"

过了不久，齐国兴兵攻打楚国，子发率领军队抵抗，三次出兵，均被齐军打败了。楚国的贤良大夫们虽然绞尽脑汁，想了很多办法，都没有转败为胜，相反齐军却越战越强。这时，小偷进来请求说：“我有点鄙薄的技能，愿为将军到齐国军队里走一趟。”

子发说：“好！”二话未说，便派他去了。

这小偷到了晚上，潜入齐国军营，把将军帷帐偷回送给子发。子发派人把帷帐送回齐国军队里去，并说：“我们的士兵上山砍柴时，捡到你们将军的帷帐，现特派人送还给你们。”

第二天，小偷又到齐国军营去，把齐国将军的枕头偷来了。子发又派人送了回去。

第三天，小偷再次到齐国军营去，把将军的发簪偷来了。子发又派人送了回去。

齐国军队听说后，大为惊恐。将军和军官们商量说：“今天不退兵，楚国那位将领恐怕要取我的脑袋了。”于是率领军队退兵了。所以说，技艺道术是没有细微轻薄之分的，关键在于人君如何使用啊！所以老子说：“不善的人，是善人的资本啊。”

【说明】

这则寓言的意思，不是赞扬小偷，要人们去学小偷，而是说，对于有真才实学、有本领的人，要善于使用，正确地、充分地发挥其特长。

处女遇盗

处女婴宝珠，佩宝玉，负戴黄金，而遇中山之盗也。虽为之逢蒙视，诎要桡腘，若卢屋妾，由将不足以免也。

《荀子·富国》

【译文】

有一个妙龄少女脖子上挂着一串珍珠项链，身上佩着珠玉宝石，肩上背着贵重黄金，在荒山沟里碰上了强盗。她虽然是两眼不敢正视，弯腰屈膝，像人家屋里的婢妾使女一样，但仍然不能侥幸免于灾祸呀！

【说明】

这则寓言告诫人们，对待强盗决不能手软，必须奋起斗争。

唇亡齿寒

晋献公以垂棘之璧假道于虞而伐虢，大夫宫之奇谏曰："不可。唇亡而齿寒，虞、虢相救，非相德也。今日晋灭虢，明日虞必随之亡。"虞君不听，受其璧而假之道。晋已取虢，还反灭虞。

《韩非子·喻老》

【译文】

晋献公以垂棘生产的美玉作代价，向虞国国君要求借一条路去进攻虢国。虞国的大夫宫之奇劝阻国君说：“不要答应他们！虞国和虢国好像嘴唇和牙齿一样，嘴唇没有了，牙齿就要挨冻了。虞国和虢国互相救助，并不是互施恩德，而是战略上的需要。今天让晋国灭掉虢国，明天虞国必然跟着它灭亡。”虞国的国君没有听宫之奇的劝阻，接受了美玉，借给晋国一条攻打虢国的道路。后来，晋国灭了虢国。在班师回国的途中，果然把虞国也灭掉了。

【说明】

这则寓言告诫人们，事物之间是相互联系、相互制约的，有时由于某一事物的消失，使另一事物失去存在的条件。看不出这一点，孤立地静止地看待事物，是要办坏事的。

东食西宿

俗说：齐人有女，二人求之。东家子丑而富，西家子好而贫。

父母疑不能决，问其女，定所欲适：“难指斥言者，偏袒，令我知之。”

女便两袒。

怪问其故。云："欲东家食，而西家宿。"

此为两袒者也。

东汉·应劭《风俗通》

【译文】

传说齐国人有个女儿，有两家男子同时来求婚。东家的男子长得丑但很有钱，西家的男子长得俊美但很穷。

父母亲犹豫不决，便征询女儿，要她自己决定愿意嫁给谁："要是难于启齿，不便明说，就用袒露一只胳膊的方式，让我们知道你的意思。"

女儿便袒露出两只胳膊。

父母亲感到奇怪就问其原因。女儿说："想在东家吃饭，在西家住宿。"

这就是所谓两袒的传说啊！

【说明】

这则寓言故事辛辣地嘲讽了贪得无厌的人。

对牛弹琴

公明仪为牛弹清角之操，伏食如故，非牛不闻，不合其耳矣。转为蚊虻之声，孤犊之鸣，即掉尾奋耳，蹀躞而听。

《牟子》

【译文】

公明仪给牛弹奏古雅的清角调子的琴曲，牛依然如故，埋头吃草。并非牛没有听见，因为这种曲调不适合它听啊！后来，公明仪改变了弹法，模仿蚊子、牛虻的叫声和小牛犊寻找母牛的鸣叫，此时牛立即摇着尾巴，竖起耳朵，迈开脚步走来走去地倾听起来了。

【说明】

这则寓言告诫人们，教育要看对象，要因材施教。

恶狗溺井

人有以其狗为有执而爱之。其狗尝溺井。其邻人见狗之溺井也，欲入言之。狗恶之，当门而噬之。邻人惮之，遂不得入言。

《战国策 · 楚一》

【译文】

有个人因为他的狗很会看门，就非常喜欢它。这只狗经常跑到井边撒尿。一天，邻居看见它又在井边撒尿，准备进去告诉它的主人。狗憎恨邻居，挡住门口乱叫乱咬。邻居很害怕，始终没法进去告知它的主人。

【说明】

这则寓言告诉人们要远离身边的小人，因为这种人像恶狗一样作恶多端，又想尽一切办法阻止人揭露他们的恶行。

二技致富

有以钉铰为业者，道逢驾幸郊外，平天冠偶坏，召令修补。讫，厚加赏赉。

归至山中，遇一虎卧地呻吟，见人举爪示之，乃一大竹刺。其人为拔去，虎衔一鹿以报。

至家语妇曰：“吾有二技，可立至富矣！”

乃大署其门曰：“专修补平天冠，兼拔虎刺。”

明·谢肇淛《五杂组·事部四》

【译文】

有个以钉铰手艺为生的人，路上遇见皇帝驾临郊外。皇帝所戴平天冠坏了，就下命令叫他去修补。修完后，赏给他一笔可观的酬金。

回到山里，一只老虎正趴在地上呻吟，见了

他，把脚爪举起来给他看，原来脚爪上有根大的竹刺。他就为老虎拔掉了那根刺，老虎衔来一只鹿作为酬报。

到了家里，他对妻子说："我有两种绝技，可以立即致富！"

于是在门上书写两行大字："专修补平天冠，兼拔虎刺。"

【说明】

这里讽刺了那种鼠目寸光、利令智昏的人。它告诫人们，不要把偶然出现的个别现象，当作必然的普遍的规律。

方舟济河

方舟而济于河，有虚船来触舟，虽有惼心之人不怒；有一人在其上，则呼张歙之，一呼而不闻，再呼而不闻，于是三呼邪，则必以恶声随之。

向也不怒而今也怒，向也虚则今也实。人能虚己以游世，其孰能害之？

《庄子·山木》

【译文】

两只船并行过河，有只空船撞上来，即使是心地狭隘的人也不会发怒。如果有一个人在那只船上，那么这两只船上的人一定要叫喊他把船撑开去。喊一声不听，再喊一声还不听，喊第三声的时候，就一定会伴随着辱骂声了。

起先不发怒而现在发怒，这是因为起先是空船而现在船上有人。人如果能够以虚心克己的态度悠游于人世，那么谁还能够伤害他呢？

【说明】

这篇寓言表现了庄子的虚静无为、克己寡欲的处世思想。

冯妇搏虎

晋人有冯妇者，善搏虎，卒为善士。则之野，有众逐虎。虎负嵎，莫之敢撄。望见冯妇，趋而迎之。冯妇攘臂下车。众皆悦之，其为士者笑之。

《孟子·尽心下》

【译文】

晋国有个叫冯妇的人，善于打虎，后来终于成为一个善人，不再打虎了。有一次，他走到野外，看见许多人正在追赶一只老虎。老虎背靠着山势险要的地方，没有人敢去接近它。大家望见冯妇，都跑向前去迎接他。于是冯妇就挽起袖子，伸出胳膊，跳下车来，准备和老虎搏斗。大家见了都很高兴，可是士人君子却在耻笑他。

【说明】

这篇寓言有“江山易改，本性难移”的讽喻意味，但也告诉人们盲目的行为常会遭到某些人的嘲笑。

高山流水

伯牙善鼓琴，钟子期善听。伯牙鼓琴，志在高山，钟子期曰：“善哉！峩峩兮若泰山！”志在流水，钟子期曰：“善哉！洋洋兮若江河！”伯牙所念，钟子期必得之。

伯牙游于泰山之阴，卒逢暴雨，止于岩下，心悲，乃援琴而鼓之。初为霖雨之操，更造崩山之音。曲每奏，钟子期辄穷其趣。伯牙乃舍琴而叹曰：“善哉，善哉，子之听夫！志想象犹吾心也，吾于何逃声哉？”

《列子·汤问》

【译文】

伯牙擅长弹琴，钟子期善于听。伯牙弹琴，志向在高山，钟子期说：“妙呀！巍峨高大像泰山！”

伯牙的志向在流水，钟子期说："妙呀！浩浩荡荡像江河！"伯牙心中有什么想法，钟子期必定能听出来。

伯牙鼓琴

伯牙到泰山北面游玩，突然碰上连绵大雨，就在岩石下歇息，心中一阵悲伤，便操琴弹拨。最初弹的是霖雨之曲，然后又模拟崩山之音。每奏一曲，钟子期总能彻底领悟他的志趣。伯牙于是放下琴叹息道："妙呀，妙呀，你的欣赏能力！你的想象好似深入到了我的心中，我怎能逃避乐音呢？"

【说明】

这篇寓言是说"知音难得"，人们的友谊应该建立在相互理解的基础上。

割肉自啖

齐之好勇者，其一人居东郭，其一人居西郭。卒然相遇于涂，曰："姑相饮乎！"

觞数行，曰："姑求肉乎！"一人曰："子肉也，我肉也，尚胡革求肉而为？"于是具染而已，因抽刀而相啖，至死而止。

勇若此，不若无勇。

《吕氏春秋·当务》

【译文】

齐国有两个夸耀自己勇敢的人，一个住在外城的东头，另一个住在外城的西头。一天，两人偶然在路上相遇，彼此说："咱们坐下来喝杯酒吧！"

喝了几杯酒后，一个说："咱们弄点肉下酒吧！"另一个说："你身上有的是肉，我身上也有的是肉，何必另去找肉呢？"于是他们准备好调料，拔出刀来互相割身上的肉吃，一直到死为止。

像这种勇敢，不如没有好。

【说明】

这则寓言告诉我们，勇敢要用得其所，否则就会事与愿违，好事变成坏事，甚至戕害自身。

弓与矢

一人曰："吾弓良，无所用矢。"一人曰："吾矢善，无所用弓。"羿闻之曰："非弓，何以往矢？非矢，何以中的？"令合弓矢，而教之射。

《韩非子》

【译文】

有个人说："我的弓精良，什么箭都不用。"另一个人说："我的箭特好，什么弓都不用。"后羿听后说："没有弓，怎么能把箭射出去？没有箭，又怎么能射中靶子？"便叫他们把弓和箭合在一起，然后教他们射箭。

【说明】

这篇寓言是说，在一个不可分割的整体中，光强调自己一方的作用，将一事无成，各种相关事物协调配合，才能充分发挥其特长。

公输削鹊

公输子削竹木以为鹊，成而飞之，三日不下，公输子自以为至巧。子墨子谓公输子曰："子之为鹊也，不如匠之为车辖，须臾刘三寸之木，而任五十石之重。故所为功，利于人谓之巧，不利于人谓之拙。"

《墨子·鲁问》

【译文】

公输班用竹子、木头精心雕刻一只喜鹊，雕成后，这喜鹊竟像活的一样展翅高飞，飞了三天也没有停下来。于是，他认为世上没有再比这做得更巧的了。墨子毫不客气地对他说："你做的喜鹊，还不如木匠做的车轴头上的插销。木匠一眨眼就砍成三寸大小的插销。这东西虽小，却使车轮承受五十石重的压力。因此我们评论所做事情的好坏，要看它是否对人有利，凡是对人有利的叫巧妙，对人没有利的叫做笨拙。”

【说明】

在这则寓言里，墨子以对人类社会是否有利作为判断技艺优劣的标准，同时也有功利主义的狭隘。

公仪休嗜鱼

公仪休相鲁而嗜鱼，一国献鱼，公仪子弗受，其弟子谏曰：“夫子嗜鱼，弗受何也？”答曰：“夫唯嗜鱼，故弗受。夫受鱼而免于相，虽嗜鱼，不能自给鱼，毋受鱼而不免于相，则能长自给鱼。”此明于为人为己者也。

《淮南子·道应训》

【译文】

公仪休很喜欢吃鱼，当了鲁国的相国后，全国各地很多人送鱼给他，他都一一婉言谢绝了。他的学生劝他说：“先生，你这么喜欢吃鱼，别人把鱼送上门来，为何又不要了呢？”他回答说：“正因为我爱吃鱼，才不能随便收下别人所送的鱼。如果

我经常收受别人送的鱼，就会背上徇私受贿之罪，说不定哪一天会免去我相国的职务，到那时，我这个喜欢吃鱼的人就不能常常有鱼吃了。现在我廉洁奉公，不接受别人的贿赂，鲁君就不会随随便便地免掉我相国的职务，只要不免掉我的职务，就能常常有鱼吃了。”这真是懂得他人利益和个人利益关系的人啊！

【说明】

这则寓言故事说，要清醒认识个人好恶与事业兴衰成败之间的关系，始终做到管住小节，抵御诱惑，慎其所好。

勾践事吴

越王勾践与吴战而不胜，国破身亡，困于会稽。忿心张胆，气如涌泉；选练甲卒，赴火若灭。然而请身为臣，妻为妾，亲执戈为吴王先马，果禽之于干遂。

故老子曰：“柔之胜刚也，弱之胜强也。天下莫不知，而莫之能行。”越王亲之，故霸中国。

《淮南子·道应训》

【译文】

越王勾践与吴国打仗没有获胜，国家被灭亡，自身被围困在会稽山。内心怨恨愤怒，不平之气像泉水汹涌；暗中挑选并严格训练士兵，士兵敢于赴汤蹈火，视死如归。但是他表面上自己请求做吴王的小臣，妻子做吴王的女仆，他亲自拿着戈矛做吴王的马前卒，结果在干遂将吴王擒获。

所以老子说："柔能胜刚，弱能胜强。天下没有人不知道，却没有人能实行。"越王能亲身实行，因此能称霸于中国。

【说明】

它说明了柔弱可以战胜刚强，人们处于不利地位时更应采用柔顺的手段，才能转弱为强。

古琴高价

工之侨得良桐焉，斫而为琴，弦而鼓之，金声而玉应，自以为天下之美也，献之太常。使国工视之，曰："弗古。"还之。

工之侨以归，谋诸漆工，作断纹焉；又谋诸篆工，作古窾焉，匣而埋诸土。期年出之，抱以适市。贵人过而见之，易之以百金，献诸朝。乐官传视，皆曰：“希世之珍也！”

明·刘基《郁离子·千里马》

【译文】

工之侨得到了一棵特别好的梧桐树，把它削制成琴。装上琴弦，弹起来像金钟、玉磬的声音一般和谐动听，自以为这是天下最好最美的琴了，就拿去献给朝廷的乐官太常。太常请宫中最高明的乐工察看了一番，说：“这不是古琴。”就退给了工之侨。

工之侨把琴拿回到家里以后，商请漆工在琴上画了一些断断续续的花纹；又和雕工商量，在琴上刻镂了一些难辨的古字。然后用匣子装着，埋进土里。过了一年，再挖出来，把琴抱到集市上去卖，一个达官贵人看到这张琴，立即出一百两金子买了去，献到朝廷上。乐官一个一个争相传看，都说：“这真是世上绝无仅有的珍宝呀！”

【说明】

这则寓言告诫人们，要从实际出发，要注重真才实学，不要做缺乏见识，只重虚名外表的虚伪之人。

关尹子教射

列子学射，中矣，请于关尹子。尹子曰："子知子之所以中者乎？"

对曰："弗知也。"

关尹子曰："未可。"退而习之，三年，又以报关尹子。

尹子曰："子知子之所以中乎？"

列子曰："知之矣。"

关尹子曰："可矣，守而勿失也。非独射也，为国与身皆如之。"

《列子·说符》

【译文】

列子学习射箭，射中了靶子，去请教关尹子。关尹子说："你知道你能射中靶子的原因吗？"

列子回答说："不知道。"

关尹子说："那还不行。"列子回去再练习。过了三年，列子又来向关尹子求教。

关尹子又问："你知道你是怎样射中靶子的吗？"

列子说："知道了。"

关尹子说："可以了。你要牢牢记住，千万别忘记了。不但是射箭，治理国家以及自我修养，都要像这个样子。”

【说明】

这则寓言告诉人们，学习也好，做事也好，不仅要知其然，而且要知其所以然。知其所以然，才算掌握了规律，只有这样精益求精地学习、工作，才能把事情办好。

邯 郸 学 步

子独不闻夫寿陵余子之学行于邯郸与？未得国能，又失其故行矣，直匍匐而归耳。

《庄子·秋水》

【译文】

先生没有听说燕国寿陵有个少年到邯郸跟人家学步法的故事吗？他不仅没有掌握邯郸人走路的独特技能，还忘记了自己原来走路的步法，结果只好爬着回家了。

【说明】

这则寓言告诫人们，不要鄙薄自己，盲目崇拜别人。学习别人的长处，是为了弥补自己的短处。

寒 号 虫

五台山有鸟，名寒号虫。四足，有肉翅，不能飞。其粪即五灵脂。当盛暑时，文采绚烂，乃自鸣曰："凤凰不如我！"比至深冬严寒之际，毛羽脱落，索然如鷇雏，遂自鸣曰："得过且过！"

元·陶宗仪《辍耕录》

【译文】

五台山上有一种鸟，名叫寒号虫。它有四只脚，一对肉翅，但不能飞。它的粪便就是"五灵脂"。在炎热的夏天时，它的羽毛纹理多彩绚烂，于是自得其乐地叫道："凤凰不如我！"到了深冬严寒时节，毛羽脱落，萧索的样子像只小雏鸟，就自言自语地叫道："得过且过。"

【说明】

这则寓言告诫人们，那些不知天高地厚的人要么对自己估价太高而盲目乐观；要么当碰壁之后，又对自己缺乏信心而盲目悲观。

好沤鸟者

海上之人有好沤鸟者，每旦之海上，从沤鸟游。沤鸟之至者，百往而不止。其父曰：“吾闻沤鸟皆从汝游，汝取来吾玩之。”明日之海上，沤鸟舞而不下也。

《列子·黄帝》

【译文】

海边有个人，很喜欢海鸥。每天早晨他都划船到海上，跟海鸥一起游玩。海鸥成百地向他飞来，接连不断。这个人的父亲说：“我听说海鸥都喜欢和你一起游玩，你捉几只回来给我玩玩。”第二天，他再划船到海上去，海鸥只团团在他头上飞舞，再也不飞下来和他游玩了。

【说明】

这则寓言故事告诫人们，对人要真诚相见。如果心怀鬼胎，别人就不会和你亲近了。

合本作酒

甲乙谋合本做酒。甲谓乙曰：“汝出米，我出水。”乙曰：“米都是我的，如何算账？”

甲曰："我决不欺心，到酒熟时，只逼还我这些水便了，其余都是你的！"

明·冯梦龙《笑府·刺俗》

【译文】

甲乙商量合本做酒。甲对乙说："你出米，我出水。"

乙说："米都是我的，怎样算账？"

甲说："我决不骗你，到酒酿成时，只要把其中的水还我就可以了，其余都归于你！"

【说明】

寓言幽默、风趣地勾划出了一个惟利是图的人物形象。同别人合作，丝毫不考虑别人的利益，一味地以盘剥别人来为自己谋利，是不能谈什么合作的。

和氏献璧

楚人和氏得玉璞楚山中，奉而献之厉王。厉王使玉人相之，玉人曰："石也。"王以和为诳，而刖其左足。

及厉王薨，武王即位，和又奉其璞而献之武王。武王使玉人相之，又曰："石也。"王又以和为诳，而刖其右足。

武王薨，文王即位，和乃抱其璞而哭于楚山之下，

【画十骏犬（茹黄豹）】轴 局部 ［清］郎世宁 中国台北故宫博物院藏 71－2

【画十骏犬（茹黄豹）】轴 局部 ［清］郎世宁 中国台北故宫博物院藏 71－2

三日三夜，泣尽而继之以血。王闻之，使人问其故，曰：“天下之刖者多矣，子奚哭之悲也？”

和曰：“吾非悲刖也，悲夫宝玉而题之以石，贞士而名之以诳，此吾所以悲也。”

王乃使玉人理其璞而得宝焉，遂命曰：“和氏之璧”。

《韩非子·和氏》

【译文】

楚国的卞和在楚山中得到一块未经雕琢的璞玉，拿去献给楚国国君楚厉王。厉王叫玉匠鉴别。玉匠说：“这是一块普通的石头呀！”厉王认为卞和是个骗子，把卞和的左脚砍掉了。

楚厉王死了以后，武王当了楚国的国君。卞和又捧着那块璞玉献给武王。武王又叫玉匠鉴定。玉匠又说：“这是一块普通的石头呀！”武王也认为卞和是个骗子，又把卞和的右脚砍掉了。

武王死了以后，文王继承了王位。卞和于是抱着璞玉在楚山脚下痛哭了三天三夜，眼泪哭干了，连血也哭出来了。文王听到这事，便派人去问卞和，说：“天下被砍掉双脚的人多得很，你为什么独独哭得这样伤心呢？”

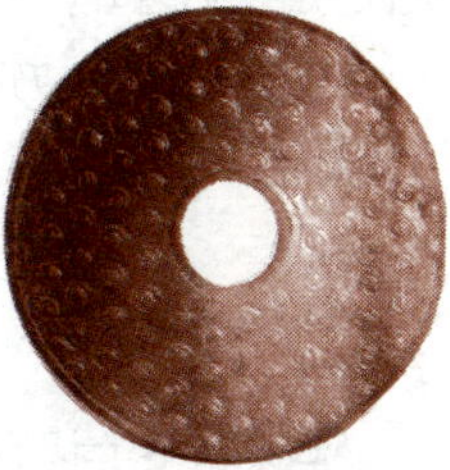

卞和回答说：“我并不是伤心自己的脚被砍掉了，我所悲痛的是宝玉竟被说成

石头，忠诚的好人被当成骗子，这才是我最伤心的原因啊！”

文王便叫玉匠认真加工琢磨这块璞玉，果然发现这是一块稀世的宝玉，于是把它命名为“和氏之璧”。

【说明】

这个寓言故事中，以和氏喻法术之士，以玉璞喻法术，以玉人喻群臣士民，以刖足喻法术之士的不幸遭遇，从中可知韩非的原意是以和氏的遭遇比喻自己的政治主张不能为他的国君所采纳，反而受到排斥，对此，他是很痛惜的。但是，从这故事中，也还可以领悟到更深一层的寓意，这就是：玉匠应识玉；国君要知人；献宝者要准备为宝而作出牺牲。

涸泽之蛇

泽涸，蛇将徙，有小蛇谓大蛇曰：“子行而我随之，人以为蛇之行者耳，必有杀子者，不如相衔负我以行，人以我为神君也。”乃相衔负以越公道，人皆避之，曰：“神君也。”

《韩非子·说林上》

【译文】

池塘的水干枯了，水中的蛇要搬家。有一条小蛇对大蛇说："你在前面游走，我在后面跟着，人们就会认为只不过是一般的蛇过路罢了，必定会先把你杀掉，不如我们两口相衔，你把我背着走，人们见了就会认为我是神君。"于是，它们便用嘴相衔，大蛇把小蛇背着越过大路，人们看见了，都赶紧躲开，并且说："这是神君！"

【说明】

这则寓言故事告诉人们，要仔细观察，弄清实质，以识别诡计。

涸辙之鲋

庄周家贫，故往贷粟于监河侯。监河侯曰："诺。我将得邑金，将贷子三百金，可乎？"

庄周忿然作色曰："周昨来，有中道而呼者。周顾视车辙中，有鲋鱼焉。周问之曰：'鲋鱼来！子何为者邪？'对曰：'我，东海之波臣也。君岂有斗升之水而活我哉？'周曰：'诺。我且南游吴越之王，激西江之水而迎子，可乎？'鲋鱼忿然作色曰：'吾失我常，与我无所处。吾得斗升之水然活耳，君乃此言，曾不如早索我于枯鱼之肆！'"

《庄子·外物》

【译文】

庄周家里很穷，所以到监河侯那里去借粮食。监河侯说：“好。我就要收租税了，到那个时候，我可以借给你三百两黄金，可以吗？”

庄周气得脸色都变了，说道：“我昨天来的时候，半路上听见有喊‘救命’的声音，我回头一看，原来在车辙中有一条鲫鱼。我问它：‘鲫鱼呀，你在喊什么呀？’它回答说：‘我，是为东海龙王劈波斩浪的臣子啊。你能有一升半斗的水来救救我这条命吗？’我说：‘行。我正要到东南去，游说吴越的君王，让他们把西江的水赶来迎接你回去，好吗？’鲫鱼气得变了脸色说：‘我失去了正常的生活环境，现在无处藏身，我只求你给我一升半斗的水就得活命，可你竟然说出这样的话来了，还不如早点儿到干鱼铺子里去找我吧！’”

【说明】

这则寓言说明，对于最低生活要求无法得到满足的人来说，遥遥无期的慷慨许诺是没有实际意义的。

狐假虎威

虎求百兽而食之，得狐。狐曰："子无敢食我也。天帝使我长百兽，今子食我，是逆天帝之命也。子以我为不信，吾为子先行，子随我后，观百兽之见我而敢不走乎！"虎以为然，故遂与之行。兽见之皆走。虎不知兽畏己而走也，以为畏狐也。

《战国策·楚一》

【译文】

老虎搜寻百兽吃，一天，捉到了一只狐狸。狐狸对它说："你是不敢吃我的。天帝派我来当百兽之王的。如今你要是吃了我，那就违抗了天帝的意旨了。你以为我的话是假的吗？那就让我在前面走，你在我后面跟着，看看百兽见到我有敢不逃的吗？"老虎觉得这个办法很有道理，所以就跟它一路走去。果然，众兽看见了，都吓得四处逃窜。老虎不知道众兽是因为怕自己而逃走的，还以为它们真的是害怕狐狸哩！

【说明】

告诫人们，要善于去伪存真，由表及里，步步深入，弄清真相，不然，就很容易被“狐假虎威”式的人物所蒙蔽。

画蛇添足

楚有祠者，赐其舍人卮酒。舍人相谓曰：“数人饮之不足，一人饮之有余。请画地为蛇，先成者饮酒。”一人蛇先成，引酒且饮之，乃左手持卮，右手画蛇，曰：“吾能为之足。”未成，一人之蛇成，夺其卮曰：“蛇固无足，子安能为之足？”遂饮其酒。为蛇足者，终亡其酒。

《战国策·齐二》

【译文】

古代楚国有个贵族，祭过祖宗以后，把一壶祭酒赏给前来帮忙的门客。门客们互相商量说：“这壶酒大家都来喝则不够，一个人喝则有余。让咱们各自在地上比赛画蛇，谁先画好，谁就喝这壶酒。”

有一个人最先把蛇画好了。他端起酒壶正要喝，却得意洋洋地左手拿着酒壶，右手继续画蛇，说：“我能够再给它添上几只脚呢？”可是没等他把脚画完，另一个人已把蛇画成了。那人把壶抢了过去，说：

“蛇本来是没有脚的，你怎么能给它添上脚呢！”说罢，便把壶中的酒喝了下去。

那个给蛇添脚的人终于失掉了到嘴的那壶酒。

【说明】

告诉人们，做任何事情都要符合实际，不要卖弄聪明、节外生枝。否则，非但不能把事做好，还会把做成的事搞砸。

换　手　指

有一神仙到人间，点石成金，试验人心，寻个贪财少的，就度他成仙，遍地没有，虽指大石变金，只嫌微小。末后遇一人，仙指石谓曰：“我将此石，点金与你用罢。”其人摇头不要。仙意以为嫌小，又指一大石曰：“我将此极大的石，点金与你用罢。”其人也摇头不要。

仙翁心想，此人贪财之心全无，可为难得，就当度他成仙，因问曰：“你大小金都不要，却要什么？”其人伸出手指曰：“我别样总不要，只要老神仙方才点石成金的这个指头，换在我的手指上，任随我到处点金，用个不计其数。”

清·石成金《笑得好》

【译文】

有一个神仙到人间，以点石成金，试验人心，若遇贪财少的，就度他成仙，结果，遍地没有寻找到，所遇到的人往往是，把大石变成金子，他还嫌太小。后来遇上一个人，神仙指着石头对他说："我将这块石头点成金子送给你用吧！"这个人摇头说不要。神仙以为他嫌太小又指着一块大石头说："我将这块最大的石头，变成金子送给你用！"这个人还是摇头说不要。

神仙心里想，这个人毫无贪财之心，实在难得，就想当场度他成仙，因此问这个人："大块金子、小块金子，都不要，你究竟要什么？"这个人伸出手指头说："其他我什么都不要，只要神仙刚才用来点石成金的那个指头，换在我的手指上，让我到处可以点石成金，到那时，所用的金子就不计其数了。"

【说明】

这说明，观察一个人要听其言而观其行，要透过现象把握本质，不要被他的表面现象所迷惑。

回生之术

鲁人有公孙绰者，告人曰："我能起死人。"人问其故，对曰："我固能治偏枯，今吾倍所以为偏枯之药，则可以起死人矣。”

《吕氏春秋·别类》

【译文】

鲁国有个叫公孙绰的人，他对别人说：“我能够使死人复活。”人们问他有什么办法。他回答说：“我平素能治半身不遂的病，现在我把治半身不遂的药加大一倍的量，就可以使死人复生了。”

【说明】

这则寓言告诫人们，事物各有自己的特点和规律，只有掌握这些特点和规律，才能处理得正确、恰当。否则，用简单化的办法来处理，就会失败。

击鼓戏民

楚厉王有警，为鼓以与百姓为戍，饮酒醉，过而击之也，民大惊，使人止之。曰：“吾醉而与左右戏，过击之也。”民皆罢。居数月，有警，击鼓而民不赴，乃更令明号而民信之。

《韩非子·外储说左上》

【译文】

楚厉王遇到了紧急的敌情，就击鼓把老百姓召集起来守城。有一天，厉王喝醉了酒，糊里糊涂地拿起鼓槌敲鼓。老百姓听到了鼓声，慌慌张张地赶去守城。厉王连忙派人去制止，说："我喝醉了酒同大臣开玩笑，误敲了鼓。"老百姓听了都回家了。过了几个月，真的有敌人入侵，厉王击鼓发出警报，老百姓以为又是国王喝醉酒闹着玩的，因而就没有像上次那样赶去守城了。后来厉王更改了原先的命令，重新声明报警的信号，老百姓才相信。

【说明】

这则寓言告诫人们，不能拿国家和人民的安危开玩笑，否则，必然会失信于民，给国家带来祸害。

鸡犬皆仙

淮南王学道，招会天下有道之人，倾一国之尊，下道术之士。是以道术之士，并会淮南，奇方异术，莫不争出。

王遂得道，举家升天，畜产皆仙，犬吠于天上，鸡鸣于云中。

东汉 · 王充《论衡 · 道虚》

【译文】

淮南王刘安学习修道，招引邀请了天下有道术

的人前来，他自己放弃做一国之主的尊位，而下结道术之士。这样一来，天下凡有道术的人，都集会到淮南来，凡属奇异的仙方仙术，没有不争着贡献出来的。

于是淮南王得道升天，他一家人都得道成仙，就是连那些家畜鸡犬也都成仙升天了，狗在天上吠叫，鸡在云中啼鸣。

【说明】

这则寓言故事告诫人们，为官要清廉，要荐贤任能。

急不相弃

华歆、王朗俱乘船避难。有一人欲依附，歆辄难之。

朗曰："幸尚宽，何为不可？"

后贼追至，王欲舍所携人。

歆曰："本所以疑，正为此耳！既已纳其自托，宁可以急相弃邪？"遂携拯如初。

世以此定华、王之优劣。

南朝·宋·刘义庆《世说新语·德行第一》

【译文】

华歆和王朗一起乘船逃难，有一个人想搭乘他们的船，华歆很为难。

王朗说："幸好船还宽裕，有什么可为难的？"

后来盗贼追赶来了，王朗想丢下刚才搭船的人。

华歆说："当初所以犹豫，就是因为紧急，既然已经答应他的要求，难道能够因为情况的紧急而把他扔掉吗？"于是就继续带着他赶路。

世上的人便拿这件事来评定华歆、王朗道德的优劣。

【说明】

这则寓言告诫人们：言必信，信必行，行必果，已诺必诚，始终如一。

纪昌学射

甘蝇，古之善射者，彀弓而兽伏鸟下。弟子名飞卫，学射于甘蝇，而巧过其师。

纪昌者，又学射于飞卫。飞卫曰："尔先学不瞬，而后可言射矣。"

纪昌归，偃卧其妻之机下，以目承牵挺。二年之后，虽锥末倒眥，而不瞬也。

以告飞卫。飞卫曰："未也，必学视而后可。视小如大，视微如著，而后告我。”

昌以牦悬虱于牖，南面而望之。旬日之间，浸大也；三年之后，如车轮焉，以睹余物，皆丘山也。乃以燕角之弧、朔篷之簳射之，贯虱之心，而悬不绝。

以告飞卫。飞卫高蹈拊膺曰：“汝得之矣！”

《列子·汤问》

【译文】

甘蝇，是古代的一位射箭能手。他拉弓射箭，野兽就倒地，飞鸟就落下来。甘蝇的学生飞卫，跟着甘蝇学射箭，技艺又高过他的老师。

有个叫纪昌的人，他又跟飞卫学射箭。飞卫对他说：“你应该先学习注视目标不眨眼，然后才能谈到学射箭。”

纪昌回到家里，仰面躺在妻子的织布机的下面，睁大眼睛注视着梭子穿来穿去。这样练了两年之后，就是有人用锥子尖刺到他的眼皮，他的眼睛也不会眨一下。

纪昌把练习情况告诉飞卫。飞卫说：“这还不行，你还得锻炼眼力才行。你要能够把一个很小的东西看得很大，把一个很细微的东西看得很清楚，到了那时候，你再来告诉我。”

纪昌回去以后，便用一根牛尾毛拴上一个虱子挂吊窗口，每天面向南边目不转睛地望着它。过了一百天，就把虱子渐渐地看得大了起来；三年之后，看到虱子就像车轮一样大，再看稍大的东西，就像小山一样了。于是，纪昌就用燕国出产的牛角做成的弓，北方出产的篷竹做成的箭杆射那虱子。箭穿过虱子的中心，而吊着虱子的牛尾毛却完好，没有射断。

纪昌把这个情况告诉飞卫。飞卫高兴地跳起来拍着胸脯说：“射箭的妙处你已学到手了啊！”

【说明】

这则寓言告诉人们，要学习一种技艺，必须依照准则严格练习。先练基本功，打好基础，循序而进，从浅入深，踏踏实实，才能尽得其巧。同时还告诫人们，学习任何技术，需要自己有毅力，如果不肯勤学苦练，那么什么也难得成功的。

稷之马将败

东野稷以御见庄公，进退中绳，左右旋中规。庄公以为文弗过也，使之钩百而反。颜阖遇之，入见曰：“稷之马将败。”公密而不应。少焉，果败而反。

公曰：“子何以知之？”

曰：“其马力竭矣，而犹求焉，故曰败。”

《庄子·达生》

【译文】

东野稷以善于驾车的绝技去谒见鲁庄公，前进和后退，如同墨斗画的线一样笔直；向左右两边旋转，如同圆规画圆圈一般圆。鲁庄公认为东野稷的驾车技术简直高超得谁也比不了，就叫东野稷沿着同一条轨迹，朝着相反的方向，来回各绕一百圈。颜阖看到了这种情况，走上去对鲁庄公说：“东野稷的马很快就要疲困了。”鲁庄公假装没有听见，默不作声。过了一会儿，东野稷的马果然疲困而返。

鲁庄公问颜阖道：“你怎么知道的呢？”

颜阖回答说：“这匹马的力气已经耗尽了，还要求它跑那么多圈子，能受得了吗？所以我说它必定要疲困。”

【说明】

东野稷的马堪称良马，他的车技也确实娴熟，然而，他的马失败了，因为鲁庄公的要求超过了他的马的体力所许可的限度。有许多人的失败，并不是因为他们没有本领，而是因为他们对客观条件缺乏正确的估计，主观愿望超过了客观条件所许可的限度。

骥遇伯乐

君亦闻骥乎？夫骥之齿至矣，服盐车而上太行，蹄申膝折，尾湛胕溃，漉汁洒地，白汗交流，中阪迁延，负辕不能上。伯乐遭之，下车攀而哭之，解纻衣以幂之。骥于是俛而喷，仰而鸣，声达于天，若出金石声音，何也？彼见伯乐之知己也。

《战国策·楚四》

【译文】

你曾听说过千里马吗？有一匹千里马，牙齿长齐了，到了可以服役的年龄，拉着装盐的车子爬太行山。累得马蹄僵直，膝盖弯曲，汗多得使马尾浸湿，皮肤如溃烂一样，口鼻中流出的白沫洒满地上，浑身淌着雨水般的白汗，在山坡上吃力地挣扎着，荆条不断地抽打着它的脊背也拉不上去。这时，伯乐看到了，他下车牵着千里马，禁不住哭了起来，并把自己的衣服脱下来给马披上。于是，千里马低下头来喷吐了一口气，仰起头高声长鸣，那声音直冲云霄，发出了像金石般的音响，这是怎么一回

伯乐相马

事呢？因为它碰见了伯乐这样的知己啊！

【说明】

千里马的特长，是奔驰绝尘，日行千里，却不见得会负重拉车子。这则寓言就是以这匹千里马拉盐车的故事来感叹怀才不遇者的苦恼，说明使用人的时候要学习伯乐的精神，知才善用，并关心他。它也告诉人们，千里马是瑰宝，而伯乐尤可贵。如果没有伯乐，实际上也就不会有千里马。

匠石运斤

郢人垩慢其鼻端若蝇翼，使匠石斫之。

匠石运斤成风，听而斫之，尽垩而鼻不伤，郢人立不失容。

宋元君闻之，召匠石曰：“尝试为寡人为之。”

匠石曰：“臣则尝能斫之。虽然，臣之质死久矣。”

《庄子·徐无鬼》

【译文】

郢都有一个人，在鼻子尖上涂了一点白石灰，这层白石灰薄得像苍蝇的翅膀，他叫石匠用板斧削掉这个小白点。

石匠挥动板斧，郢都人听任石匠去砍削，听见一阵风响，就削完了，白石灰削得干干净净，鼻子却没有丝毫损伤，郢都人站在哪里若无其事，不失常态。

宋元君听到这件事以后，便召石匠来，说："也照样为我来试着削一次好吗？"

石匠说："我的确曾经是这样砍削的。但是，我可以搭配的那个伙伴已经死了很久啊！"

【说明】

这是庄子路过惠施墓前讲的一则寓言。在这则寓言里，表达了庄子对惠施的怀念。郢都人信赖石匠，才能让石匠削去自己鼻尖上的污渍，并且在石匠的利斧挥动之下，面不改色心不跳。对于石匠得以发挥卓越本领，是必不可少的条件。它告诫人们，要以诚相托，以心相印。信赖，能够产生力量。

狡狐搏雉

夫狐之搏雉也，必先卑体弥耳以待其来也。雉见而信之，故可得而擒也。使狐瞋目植睹，见必杀之势，雉亦知惊惮远飞以避其怒矣。夫人伪之相欺也，非直禽兽之诈计也。

《淮南子·人间训》

【译文】

狐狸捕捉野鸡时，一定先趴下自己的身子，耷拉着耳朵，用来迷惑野鸡，等待着它的到来。野鸡见状，就相信它而麻痹大意，所以狐狸可伺机猛扑过去捕获野鸡。假如让狐狸竖直身子瞪大眼睛盯着野鸡，显露出随时捕杀的姿势，野鸡就会受惊吓而远远地飞开逃避狐狸的捕杀。人伪装狡诈，比禽兽还要凶狠得多啊。

【说明】

它说明要识破假象是很不容易的；同时说明了做事要讲究策略，善于隐蔽。

截竿入城

鲁有执长竿入城门者，初竖执之，不可入；横执之，亦不可入，计无所出。

俄有老父至，曰："吾非圣人，但见事多矣。何不以锯中截而入。"遂依而截之。

三国·魏·邯郸淳《笑林》

【译文】

山东有一个人拿着一根长竹篙要进城门，先是把竹篙竖着拿，进不去；后来横着拿，还是进不去。想来想去，怎么也想不出一个办法来。

过了一会儿，来了一个老头子，告诉他说："我不是什么圣人，但是我经历的事颇不少。你为什么不把竹篙从中锯断了再拿进城去呢！"这个山东人便按照老头子的办法把竹篙锯断了。

【说明】

这里是讽刺那些自恃见多识广，其实并无真知灼见，而又好为人师、乱出主意的人。

借衣

雨中借人衣着之出，道泞失足，捐一臂，衣亦污。从者掖公起，为之摩痛。迂公止之曰："汝第取水来涤吾衣，臂坏无与尔事。"从者曰："身之不恤，而念一衣乎？"公曰："臂是我家物，何人向我索讨？"

明·浮白斋主人《雅谑》

【译文】

下雨了，迂公借了人家的衣服穿着出去，因道路泥泞滑倒了，摔坏一只手臂，衣服也弄脏了。跟着他的人赶紧扶起他，替他抚摸痛的地方。迂公阻止他，说：“你先拿点水来洗洗我的衣服，手臂坏了同你没什么关系的。”跟从的人说：“你不爱惜自己的身体，反而想着那件衣服，为什么呢？”迂公说：“手臂是我自家的东西，谁会来向我讨回呢？”

【说明】

身体健康是从事一切活动的基本条件，应该懂得爱惜自己的身体。

金翅鸟之死

齐景公谓晏子曰：“寡人既得宝千乘，聚万驷矣！方欲珍悬黎，会金玉，其得之耶，奚若？”

晏婴曰：“臣闻琬玉之外有鸟焉，曰金翅，民谓羽豪。其为鸟也，非龙肺不食，非凤血不饮。其食也，常饥而不饱；其饮也，常渴而弗充。生未几何，夭其天年而死。金玉之非珍，乃为君之患矣！”

宋·李昉等《太平御览》

【译文】

齐景公对晏子说：“我已经有了千辆车才能装盛的珍宝，有了数以万计的车马。我打算把美玉悬黎当作国宝，并准备集聚更多的金玉，你看得到吗？”

晏婴说："我听说在琬玉外边，有一种金翅鸟，老百姓称它为羽豪。那种鸟呀，不是龙肺不吃，不是凤血不喝。因此，它经常吃不饱，也得不到充足的饮料，生下没有多久，没有活到它应该活的自然寿命，就死亡了。看来金玉并不是什么宝贝！对国君来讲，这些东西简直是祸害啊！"

【说明】

这则寓言故事说，金翅鸟不是龙肺不食，不是凤血不喝。这是难以找到的稀少食物和饮料，必然会因饥渴而夭亡。它说明，对于一个国君来讲，如果只注意搜罗所谓珍宝，迟早是要完蛋的。

金钩桂饵

鲁人有好钓者，以桂为饵，锻黄金之钩，错以银碧，垂翡翠之纶，其持竿处位则是，然其得鱼不几矣。

《阙子·佚文》

【译文】

鲁国有一个爱好钓鱼的人，用名贵的香料肉桂当鱼饵，用黄金制成鱼钩，并在鱼钩上镶嵌银丝和青绿色的美玉，用翡翠这种极其珍贵的美玉来装饰他的钓绳。他拿钓竿的姿势和寻找的位置都很适当，但是，他钓上的鱼却没有几条。

【说明】

这个故事告诉人们，做任何事情都要从实际出发，注重实际效果，不要搞花架子，追求形式。

荆人涉澭

荆人欲袭宋，使人先表澭水。澭水暴益，荆人弗知，循表而夜涉，溺死者千有余人，军惊而坏都舍。

向其先表之时可导也，今水已变而益多矣，荆人尚犹循表而导之，此其所以败也。

《吕氏春秋·察今》

【译文】

楚国人想攻打宋国，派人事先测量澭水的深浅并树立标志。不久，澭水突然上涨，楚国人不知道，依然按照旧标志在黑夜渡河，结果淹死一千多人，楚军惊恐万状，溃不成军，就像都市里的房屋倒塌一样。

原先做好标志的时候本是可以涉水过河的，如今河水暴涨，情况已经发生变化了，楚国人还是按着原来的标志过河，这就是他们失败的原因。

【说明】

忘记了对具体情况作具体分析，忘记了适应已经发展和改变的局势而改换对策，事必败也。

荆人畏鬼

荆人有畏鬼者，闻槁叶之落与蛇鼠之行，莫不以为鬼也。盗知之，于是宵窥其垣作鬼音，惴弗敢睨也。若是者四五，然后入其室，空其藏焉。或俤之曰："鬼实取之也。"中心惑而阴然之。无何，其宅果有鬼。由是，物出于盗所，终以为鬼窃而与之，弗信其人盗也。

明·刘基《郁离子·麋虎》

【译文】

楚国有个非常怕鬼的人，听到干枯的树叶落地，或者蛇鼠爬行的声音，都以为是鬼。有个小偷知道这个情况后，就在晚上爬到他家的墙头偷看，并且装出鬼叫的声音。这个怕鬼的人被吓得连斜着眼睛瞄一下也不敢。小偷又照样装了四五次鬼叫的声音，然后钻进他的屋里，偷走了他家藏的全部财物。有人欺骗他说：“你家的财物实在是给鬼偷走了。”他心里虽有点怀疑，但暗中却还以为是鬼偷走了。过了不久，他家里果然闹“鬼”。他丢失的东西在小偷家里找出来了，然而他始终还是认为，这是鬼偷走后送给小偷的，并不相信那个人就是小偷。

【说明】

这则寓言故事告诫人们，一个人一旦中了迷信之邪，就会置事实于不顾，疑神疑鬼，而有被坏人欺骗、利用和愚弄的危险。

惊弓之鸟

更羸与魏王处京台之下，仰见飞鸟。更羸谓魏王曰：“臣为王引弓虚发而下鸟。”

魏王曰：“然则射可至此乎？”

更羸曰：“可。”

有间，雁从东方来，更羸以虚发而下之。

魏王曰：“然则射可至此乎？”

更羸曰：“此孽也。”

王曰：“先生何以知之？”

对曰：“其飞徐而鸣悲。飞徐者，故疮痛也；鸣悲者，久失群也。故疮未息，而惊心未去也，闻弦音，引而高飞，故疮陨也。”

《战国策 · 楚策四》

【译文】

有个叫更羸的人陪魏王站在高台下面，仰望天空有只飞鸟。更羸对魏王说：“让我为大王拉虚弓不放箭，把飞鸟射下来吧！”

魏王说：“你射箭的技术真可以达到这样的地步吗？”

更羸回答说：“可以。”

不一会儿，一只雁从东方飞来，更羸拉弓虚射，果然把这只雁射落下来。

魏王惊讶地问：“射箭的技术真能达到这样的地步！”

更羸道：“这是一只受了伤的雁呀！”

魏王继续问道：“先生怎么知道呢？”

更羸解释道：“这只雁飞得缓慢，鸣声悲哀。飞行缓慢是由于身有旧伤，鸣声悲哀是由于离开雁群太久了。正因为它旧伤未好，惊心没有消失，所以，一听到弓弦音响，就急忙展翅高飞而逃，结果伤口破裂，疼痛不支，便从高处掉下来了。”

【说明】

这则寓言用“惊弓之鸟”比喻那些吓破了胆的人。同时也告诉人们，勤学苦练，掌握事物的特点和要害，便可收到“虚弓下鸟”的神奇效果。

精卫填海

发鸠之山，其上多柘木，有鸟焉，其状如乌，文首，白喙，赤足，名曰精卫，其鸣自诐。是炎帝之少女，名曰女娃。女娃游于东海，溺而不返，故为精卫，常衔西山之木石，以堙于东海。

《山海经·北山经》

【译文】

发鸠山上，生长着茂密的柘树。那里栖息着一只奇特的鸟，它外形像乌鸦，头上有漂亮的花纹，白白的嘴巴，红红的双脚，名叫精卫，它鸣叫时总是在呼唤自己。精卫本是炎帝的小女儿，名叫女娃。一天，女娃到波涛汹涌的东海游泳，不幸溺水身亡，再也没回来，因此变成了这只精卫鸟，长年累月地口衔西山上的小枝条、小石子，决意要把那一望无际的东海填平。

【说明】

这篇寓言说明，在远古时代，人类不知被大海夺走了多少宝贵的生命，然而在作为人类化身的精卫身上，却寄托了人类敢于征服大海的雄心壮志。

埳井之蛙

埳井之蛙……谓东海之鳖曰："吾乐与！出跳梁乎井干之上，入休乎缺甃之崖；赴水则接腋持颐，蹶泥则没足灭跗；还虷蟹与科斗，莫吾能若也。且夫擅一壑之水，而跨跱埳井之乐，此亦至矣，夫子奚不时来入观乎！"

东海之鳖左足未入，而右膝已絷矣。于是逡巡而却，告之海曰："夫千里之远，不足以举其大；千仞之高，不足以极其深。禹之时十年九潦，而水弗为加益；汤之时八年七旱，而崖不为加损。夫不为顷久推移，不以多少进退者，此亦东海之大乐也。"

于是埳井之蛙闻之，适适然惊，规规然自失也。

《庄子·秋水》

【译文】

在一口浅井里有一只青蛙。……它对从东海中来的大鳖说："我多么快乐啊！出去玩玩，就在井口的栏杆上蹦蹦跳跳，回来休息，就蹲在残破的井壁的砖窟窿里休息休息；跳进水里，水刚好托着我的夹肢窝和面颊；踩泥巴时，泥深只能淹没我的两脚，漫到我的脚背上。回头看一看那些赤虫、螃蟹与蝌蚪一类的小虫吧，哪个能同我相比哪！并且，我独占一坑水，在井上想跳就跳，想停就停，真是快乐极了！您为什么不常来我这里参观参观呢？”

海鳖左脚还没踏进井里，右腿已被井壁卡住了。于是，它在井边从容地徘徊了一阵就退回来了，把大海的景象告诉青蛙，说道：“千里的确很远，可是它不能够形容海的辽阔；千仞的确很高，可是它不能够探明海的深度。夏禹的时候，十年有九年闹水灾，可是海水并不显得增多；商汤时，八年有七年天旱，可是海水也不显得减少。永恒的大海啊，不随时间的长短而改变，也不因为雨量的多少而涨落。这才是住在东海里的最大快乐啊！”

浅井的青蛙听了这一番话，惶恐不安，两眼圆睁睁地好像失了神，深深感到自己的渺小。

【说明】

宇宙无终极，学识无穷尽。这则寓言告诫人们：千万不要因一孔之见，便洋洋自得，不要因一得之功，便沾沾自喜。

景公饮酒

景公饮酒，七日七夜不止。

弦章谏曰：“君饮酒七日七夜，章愿君废酒也不然，章赐死。”

晏子入见，公曰：“章谏吾曰：‘愿君之废酒也！不然，章赐死。’如是而听之，则臣为制也；不听，又爱其死。”

晏子曰：“幸矣，章遇君也！令章遇桀、纣者，章死久矣。”

于是公遂废酒。

《晏子春秋·内篇谏上》

【译文】

齐景公好酒贪杯，一连喝了七天七夜。

大夫弦章进谏说：“您喝了七天七夜的酒，我希望您停止！不然的话，就赐我死。”

之后晏婴进见，景公对他说：“弦章劝诫我说：‘希望您停止饮酒！不然的话，就赐我死。’如果听他的劝告，那我就被臣下控制了；假如不听，我又舍不得处死他。”

【白鹘图】轴 局部 [清] 郎世宁 中国台北故宫博物院藏 71-3

【白鹘图】轴 局部 ［清］郎世宁　中国台北故宫博物院藏　71－3

晏婴回答说：“弦章遇到你这样的国君，真是幸运！假使遇到夏桀王、殷纣王那样的暴君，弦章早就被处死了。”

于是齐景公就停止了饮酒。

【说明】

这篇寓言说明当政者应从善如流，不可因私废公。

九方皋相马

秦穆公谓伯乐曰：“子之年长矣，子姓有可使求马者乎？”

伯乐对曰：“良马可形容筋骨相也。天下之马者，若灭若没，若亡若失。若此者绝尘弭辙。臣之子皆下才也，可告以良马，不可告以天下之马也。臣有所与共担缧薪菜者有九方皋，此其于马非臣之下也。请见之。”

穆公见之，使行求马。三月而反报曰：“已得之矣，在沙丘。”

穆以曰：“何马也？”

对曰：“牝而黄。”

使人往取之，牡而骊。穆公不说。召伯乐而谓之曰：“败矣，子所使求马者，色物牝牡尚弗能知，又何马之能知也？”

伯乐喟然太息曰："一至于此乎！是乃其所以千万臣而无数者也。若皋之所观，天机也。得其精而忘其粗，在其内而忘其外。见其所见，不见其所不见；视其所视，而遗其所不视。若皋之相者，乃有贵乎马者也。"

马至，果天下之马也。

《列子·说符》

【译文】

秦穆公对伯乐说："你的年纪大了，你的家族中有没有可以派出去找千里马的人才呢？"

伯乐回答说："一匹好马，可以从它的形状和筋骨上去观察。但是千里马，却好像没有标准可说，或无法捉摸，像这种马跑起来真是风驰电掣一般，不扬尘土，不见脚印。我的子孙都是些才能低下的人啊，只能识别哪一匹是好马，但无法辨别出哪一匹是千里马。我有个共同担柴挑菜的朋友，名叫九方皋，这个人相马的本领不比我差，请君王召见他吧！"

秦穆公便把九方皋召来，派他出去寻找千里马。三个月后回来报告说："找到了，在沙丘那儿。"

穆公说："是一匹什么样的马呀！"

九方皋回答说："是一匹母马，黄颜色。"

穆公派人到沙丘那儿去牵马，却是一匹黑色的公马。穆公很不高兴，召见伯乐，对他说：“真糟糕，你给我推荐的相马人连马的颜色和公母都搞不清楚，那怎么能知道哪是天下的千里马呢？”

伯乐叹了一声，说道：“他竟然达到这样高深的地步了吗？这就是他比我强千万倍而无人抵得上的地方啊！像九方皋所观察的是天机，得了它的精神，忽略了它粗浅的表象，注意了它内在的实质而忘掉了外表和颜色，他只去看他所要看见的，不看他所不需要看见的；他只观察他所应该观察的，而不观察他所不需要观察的。像九方皋这样的相马人，比再好的马还宝贵啊！”

把马牵回来一看，果然是一匹千里马。

【说明】

这则寓言启示人们，考察人才要注意全面，人无完人，不能因为有某些缺点就轻易否定。九方皋相马时的确有疏忽，把马的毛色和性别都搞错了，但不能因为这个小的疏忽就认为他不是一个能手。其相马术，即谓“得其精而忘其粗，在其内而忘其外”，这就是通常所说的透过现象把握本质。

橘与枳

晏子将使楚。楚王闻之，谓左右曰："晏婴，齐之习辞者也。今方来，吾欲辱之，何以也？"

左右对曰："为其来也，臣请缚一人，过王而行，王曰：'何为者也？'对曰：'齐人也。'王曰：'何坐？'曰：'坐盗。'"

晏子至，楚王赐晏子酒。酒酣，吏二缚一人诣王，王曰："缚者曷为者也？"对曰："齐人也，坐盗。"

王视晏子曰："齐人固善盗乎？"

晏子避席对曰："婴闻之，橘生淮南则为橘，生于淮北则为枳，叶徒相似，其实味不同，所以然者何？水土异也。今民生长于齐不盗，入楚则盗，得无楚之水土使民善盗耶？"

王笑曰："圣人非所与熙也，寡人反取病焉！"

《晏子春秋·内篇杂下》

【译文】

晏婴将要出使楚国。楚王得知这个消息，和左右大臣谋划说："晏婴，是齐国擅长外交辞令的人。现在他要来了，我想羞辱他一番，该采取什么办法呢？"

左右大臣献计说："当他到来的时候，我们捆绑上一个人，押着他经过大王面前，大王问：'他是哪里人？’我们回答：‘是齐国人。’大王再问：‘所犯何罪？’我们说：‘犯偷盗罪。’”

晏婴来到了楚国，楚王设宴款待晏婴。喝酒正在兴头上时，两个小吏捆绑着一个人来到楚王面前禀报，楚王问：“绑的是什么人？”回答：“是齐国人，犯了偷盗罪。”

楚王盯着晏婴问：“齐国人是不是本来就喜欢偷盗呢？”

晏婴离开座席，郑重地对楚王说：“我听说橘树生长在淮河以南结橘子，生长在淮河以北就结枳子，它们仅仅是叶子相像，果实的味道大不相同。造成这种差异的原因是什么呢？就因为水土不同。百姓生长在齐国不偷盗，一进入楚国就偷盗，莫非楚国的水土使百姓喜欢偷盗吗？”

楚王自我解嘲说：“圣贤君子是不能跟他开玩笑的，今天我反而自取其辱了。”

【说明】

这篇寓言是说，侮人者必自侮。

苛政猛于虎

孔子过泰山侧，有妇人哭于墓者而哀。夫子轼而听之。

使子路问之，曰："子之哭也，一似重有忧者。"而曰："然，昔者，吾舅死于虎，吾夫又死焉，今吾子又死焉！"夫子曰："何为不去也？"曰："无苛政。"夫子曰："小子识之，苛政猛于虎也！"

《礼记·檀弓下》

【译文】

孔子路过泰山旁边，有个妇女在坟墓前哭得很悲伤。孔子伏在车轼上听着。

他派子路前去询问，说："你哭得如此伤心，必定是遭受了深重的苦难吧？"那位妇女说："是的，从前我公公死于虎口，我丈夫又死于虎口，如今我儿子又死于虎口！"孔子说："那你为什么不离开这里，搬到其他地方去呢？"回答说："这里没有残暴的统治。"孔子说："年轻人记住，残暴的统治比吃人的老虎还要厉害呀！"

【说明】

这里深刻地揭露了反动统治者残酷压迫和剥削劳动人民的罪行。

刻削之道

刻削之道，鼻莫如大，目莫如小。鼻大可小，小不可大也。目小可大，大不可小也。

举事亦然，为其不可复者也，则事寡败矣。

《韩非子·说林下》

【译文】

雕刻人的技巧往往是，鼻子不如刻得大一点，眼睛不如刻得小一点。鼻子刻大了，可以削小；雕小了，就无法加大了。眼睛刻小了，可以修大；刻大了，就无法改小。

办任何事情都是这个道理，对于那些不能恢复挽回的，开始就得特别谨慎小心，这样，失败的可能性就会减少了。

【说明】

这篇寓言告诫人们，事物是发展变化的，无论做什么事情都要留有余地，努力掌握事物的规律。

刻舟求剑

楚人有涉江者，其剑自舟中坠于水，遽契其舟，曰：“是吾剑之所以坠。”舟止，从其所契者入水求之。

舟已行矣，而剑不行；求剑若此，不亦惑乎？

《吕氏春秋·察今》

【译文】

楚国有个人乘船渡江，他的剑从船上掉进水里，

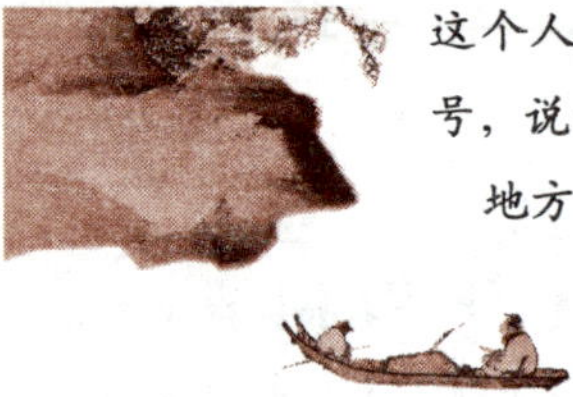

这个人急忙在船边刻下一个记号，说："这是我的剑掉下去的地方。"等到船靠岸停下来以后，他就从刻记号的地方跳进水里去找剑。

船已经移动了，而掉下去的剑没有动；像这个人这样去找剑，岂不是糊涂透顶吗？

【说明】

这则寓言故事对于那些看不到事物的发展变化，只知一味墨守成规的人，是一个绝妙的讽刺。

恐钟有声

陈述古密直知建州浦城县日，有人失物，捕得莫知的为盗者。述古乃绐之曰："某庙有一钟，能辨盗，至灵。"

使人迎置后阁祠之，引群囚立钟前，自陈："不为盗者，摸之则无声；为盗者，摸之则有声。"

述古自率同职，祷钟甚肃。祭讫，以帷围之，乃阴使人以墨涂钟。良久，引囚逐一令引手入帷摸之。出乃验其手，皆有墨，唯有一囚无墨。讯之，遂承为盗。

盖恐钟有声，不敢摸也。

北宋·沈括《梦溪笔谈·权智》

【译文】

陈述古，作为枢密院直学士，出任建州浦城县令时，有人失窃，抓到一些嫌疑盗窃犯。陈述古就欺骗犯人说："某庙里有一口钟，能辨认强盗，灵验极了。"

他派人把那口钟搬到官署后阁，供俸起来。把抓到的嫌疑犯，带到钟前，对犯人说："不是强盗，摸了钟不会发出声音来；是强盗，摸了钟会发出声音。"

陈述古亲自率领同僚，对钟祷告，十分肃敬。祭祀完毕，用帷帐把钟围起来，暗中派人用墨涂在钟上。过了很久，带过囚犯，命令他们一一伸手进帐内摸钟。出来后就检验他们的手。一般手上都有墨，惟有一个囚犯无墨。就讯问此囚犯，此囚犯供认是强盗了。

因为他害怕钟会发出声音来，所以不敢去摸。

【说明】

这则寓言告诉人们，做贼心虚，只要把握犯罪者的这种心理，是能够迅速破案的。

刳马肝

有客语："马肝大毒，能杀人。故汉武帝云：'文成食马肝而死。'"

迂公适闻之，发笑曰："客狂语耳，肝故在马腹中，马何以不死？"

客戏曰："马无百年之寿，以有肝故也。"

公大悟，家有畜马，便刳其肝，马立毙。公掷刀叹曰："信哉，毒也。去之尚不可活，况留肝乎？"

明·浮白斋主人《雅谑》

【译文】

有个客人说："马肝非常毒，能毒死人。所以汉武帝说：'文成吃了马肝死了。'"迂公正好听到，就发笑了，说："客人说骗人话罢了，肝本来在马肚子里，马为什么不死？"客人开玩笑说："马没有活到一百岁的，就是因为有这种肝的缘故。"迂公一下子似乎醒悟了，家里养着一匹马，便把马肝剖挖出来，马立即死去。迂公把刀往地上一掷，叹息道："说得真对呀！马肝好毒！把它挖掉了，马尚且活不了，何况把它留在肚子里呢？"

【说明】

这则寓言告诫人们，不能随便相信道听途说，对任何事情都要动脑筋，多思索，想想它是否合乎实际，是否真有道理。

夸父追日

夸父与日逐走，入日。渴欲得饮，饮于河、渭。河、渭不足，北饮大泽。未至，道渴而死。弃其杖，化为邓林。

《山海经·海外北经》

【译文】

夸父跟太阳一同赛跑，在太阳落山的地方终于追上了它。夸父口渴难忍，便到黄河、渭河去喝水。他把这两条大河喝干了还不解渴，又急忙跑向北方的大湖泊。还没有到达目的地，半路上就渴死了。他把一根长长的拐棍丢在地上，这根拐棍化作了硕果累累、一望无际的桃林。

【说明】

这篇寓言，表现了神话中的巨人夸父与太阳竞胜、自强不息的精神。

鲲鹏与斥鴳

穷发之北，有冥海者，天池也。有鱼焉，其广数千里，未有知其修者，其名为鲲。有鸟焉，其名为鹏，背若泰山，翼若垂天之云，抟扶摇羊角而上者九万里，绝云气，负青天，然后图南，且适南冥也。斥鴳笑之曰：“彼且奚适也？我腾跃而上，不过数仞而下，翱翔蓬蒿之间，此亦飞之至也，而彼且奚适也！”此小大之辨也。

《庄子·逍遥游》

【译文】

在草木不长的北方，有个广漠无涯的北海，这就是人们所说的天池。这里有条大鱼，身宽有几千里，没有人知道它究竟有多长，它的名字叫鲲。它变成一只大鸟，叫做鹏，背像泰山那样高，翅膀像云彩乘着旋风而直上九万里的高空，横穿云雾，背负青天，然后打算向南飞翔，想到南海去。小泽里的斥鴳讥笑它说：“它想到哪里去？我跳跃着往上飞，不到几丈高，就落下来了，展翅盘旋在杂草丛里，这算飞得最高了，那么它还想到哪里去呢！”这就是小和大的区别啊！

【说明】

庄子这则寓言是说明大小、贵贱都是相对的。大鹏和小雀，虽然一个能搏击长空，展翅高飞九万里，一个栖身沼泽，往来于蓬蒿之间，但在庄子看来，都是逍遥自在，怡然自得，各得其所，无所谓大小、贵贱之分。后来人们借用这个故事，常常用鲲鹏比喻高大勇敢，怀有远大志向的伟大人物，用燕雀比喻渺小卑怯，苟且偷安的小人。

滥竽充数

齐宣王使人吹竽，必三百人。南郭处士请为王吹竽，宣王说之，廪食以数百人。宣王死，湣王立，好一一听之，处士逃。

《韩非子·内储说上》

【译文】

齐宣王让人给他吹竽，一定要听三百人的合奏。有个南郭先生去见齐宣王，请求参加合奏。齐宣王高兴地答应了他的请求，给他的待遇同那几百人的一样。齐宣王死后，他的儿子齐湣王继位，他喜欢吹竽的乐师一个个地为他独奏。这个南郭先生便逃跑了。

【说明】

这则寓言里的南郭先生在三百人的合奏中，装腔作势尚可蒙混下去，可是要他独奏时，他便逃跑了。它告诫人们，不学无术的人只能靠吃大锅饭混日子。当强调独当一面的时候，他就会露出马脚。

狼子野心

有室偶得二小狼，与家犬杂畜，亦与犬相安。稍长，亦颇驯，竟忘其为狼矣。

一日，主人昼寝厅事，闻群犬呜呜作怒声，惊起，周视无一人，再就枕将寐，犬又如前，乃伪睡以俟。则二狼伺其未觉，将啮其喉，犬阻之不使前也。乃杀而取其革。

清·纪昀《阅微草堂笔记·槐西杂志》

【译文】

有一个富人偶然捉到了两只小狼，把它们和家里的狗关在一起饲养，小狼也能和狗平安相处。稍有长大之后也相当驯服，主人竟然忘记它们是狼了。

有一天，主人白天在厅堂里睡觉，忽然听见一群狗汪汪地发出狂怒的叫声，他吃惊地坐立起来，看周围并无一人，就再躺到枕头上去睡，狗又跟先前那样狂叫起来，他便假装睡觉等着瞧。便发现那两只狼等候他睡觉不醒，想要咬他的咽喉，群狗狂叫着阻止，不让两只狼靠近主人。最后，主人杀了两只狼，剥了它们的皮。

【说明】

它告诫人们，狼的本性是不会改变的。要警惕特别提防那些“阳为亲昵，而阴怀不测”的人！

老虎求生

人有置系蹄者而得虎。虎怒，决蹯而去。

虎之情，非不爱其蹯也，然而不以环寸之蹯害七尺之躯者，权也。

《战国策·赵三》

【译文】

有个人设置了一架拴缚野兽蹄爪的器具，结果捉住了一只老虎。老虎暴跳如雷，挣断了一只脚掌跑掉了。

老虎的心情，并不是不爱护它自己的脚掌，然而它不能因为顾惜那一寸大小的脚掌却去葬送它七尺的身躯，这是权宜之计啊！

【说明】

这篇寓言说明，有些时候，为了保存整体利益，而不得不作出局部牺牲。

老 马 识 途

管仲、隰朋从于桓公而伐孤竹，春往冬反，迷惑失道。管仲曰：“老马之智可用也。”乃放老马而随之，遂得道。

行山中无水，隰朋曰：“蚁冬居山之阳，夏居山之阴，蚁壤一寸而仞有水。”乃掘地，遂得水。

以管仲之圣而隰朋之智，至其所不知，不难师于老马与蚁。今人不知以其愚心而师圣人之智，不亦过乎？

《韩非子·说林上》

【译文】

管仲、隰朋跟随齐桓公讨伐孤竹国。春天去了，到冬天才返回，半途迷失了道路。管仲说：“可以利用老马的智慧来找路。”于是就放开老马，大家都跟在马的后面走，果然找到了回国的道路。

后来走到深山里，没有水喝，隰朋说：“蚂蚁冬天居住在山的南面，夏天居住在山的北面。蚂蚁洞口的松土堆有一寸高的话，掘下八尺一定有水。”于是就在有蚂蚁窝的地方挖掘，果然挖到了水。

以管仲的圣明和隰朋的智慧，遇到他们所不知道的事情，还不羞于向老马和蚂蚁请教。现在的人却不知道用心去学习圣人的智慧，不也是很错误的吗？

【说明】

这篇寓言是说，无论什么人，都应向有经验的人学习，不耻下问。

乐羊食子

乐羊为魏将以攻中山。其子在中山，中山悬其子示乐羊。乐羊不为衰志，攻之愈急。中山因烹其子而遗之。乐羊食之尽一杯。中山见其诚也，不忍与其战。果下之，遂为文侯开地。文侯赏其功而疑其心。

西汉·刘向《说苑·贵德》

【译文】

乐羊作为魏国的将领，率兵去进攻中山国。他的儿子正在中山国内，中山国人便把他的儿子绑起来悬在城上，用以威胁乐羊。乐羊看见后并未因此而减弱斗志，反而激发了攻城的决心。中山国人便把他的儿子烹煮了，并将煮熟的肉送来给他吃。乐羊把送来的一大杯儿子的肉全部吃完。中山国人看到了乐羊攻城的诚心和决心，便不敢再和他战斗下去了。乐羊果然攻占了中山国，给魏文侯开拓了疆界。

但是，魏文侯嘉赏乐羊的战功后，却怀疑起他的忠心来。

【说明】

任何事物的发展都有一定的界限，超过这个界限，就会使事情走向自己愿望的反面。有时候，讨好或者大义灭亲会被别人视为心狠手辣。

两败俱伤

韩子卢者，天下之疾犬也；东郭逡者，海内之狡兔也。韩子卢逐东郭逡，环山者三，腾山者五，兔极于前，犬废于后。犬兔俱罢，各死其处。田父见之，无劳倦之苦，而擅其功。

《战国策·齐三》

【译文】

韩子卢，是天底下跑得最快的狗；东郭逡，是四海之内最狡猾的兔子。韩子卢追逐东郭逡，环山追跑了三圈，跳跃翻山追了五次。跑在前面的兔子疲惫极了，追在后面的狗也困倦不堪。狗和兔子都精疲力尽，各自死在它们所在的地方。农夫看见了，不费一点力气就独占其利，得到了狗和兔子。

【说明】

这篇寓言说明如果两方争斗，互不相让，结果只能两败俱伤，使第三者得利。

两小儿辩日

孔子东游，见两小儿辩斗，问其故。一儿曰：“我以日始出时去人近，而日中时远也。”一儿以日初出远，而日中时近也。

一儿曰：“日初出大如车盖，及日中，则如盘盂，此不为远者小而近者大乎？”

一儿曰：“日初出沧沧凉凉，及其日中，如探汤，此不为近者热而远者凉乎？”孔子不能决也。两小儿笑曰：“孰为汝多知乎？”

《列子·汤问》

【译文】

孔子到东方去游玩，路上遇到两个小孩子在争论。孔子问他们为什么争论。

一个小孩说：“我认为太阳刚出来时离人比较近，而到了中午，太阳就离我们远了。”另一个小孩却认为太阳刚出来时离我们远，而中午离我们近。

一个小孩说：“太阳刚出来时像车上的篷盖那样大，到了中午，就只有盘子那么大了，这难道

不是远的显得小，近的显得大吗？”

另一个小孩说：“太阳刚出来时还凉飕飕的，到了中午，就像把手伸进热水一样，这难道不是近的感觉热，远的感觉凉吗？”孔子听了之后，不能判断谁是谁非。两个小孩笑着说：“谁说你是知识最丰富的呢？”

【说明】

这则寓言说明，要想求得完全的知识，就要克服片面性，不要抓住一点现象就坚持己见，作无谓的争执。同时，无论什么人，都不能自炫多知，必须永远谦虚。

猎者得麋

今山泽之兽，无黠于麋，麋知猎者张罔，前而驱己也，因还走而冒人，至数。猎者知其诈，伪举罔而进之，麋因得矣。

《战国策·楚三》

【译文】

山林沼泽中的野兽，没有比麋鹿更机灵、更狡猾的了。麋鹿知道猎人在前面张开大网，要把自己往前赶进网里去，所以它就调过头来往后跑，冲撞人。像这样好几次。猎人知道它十分狡诈，就假装举着网把它往前赶，麋鹿还是照旧掉头冲撞猎人，因此而被捕获了。

【说明】

这篇寓言说明对于善于玩弄权术的人，只要摸清他的底细，就能将计就计制服他。

林回弃璧

假人之亡与，林回弃千金之璧，负赤子而趋。或曰："为其布与？赤子之布寡矣；为其累与？赤子之累多矣；弃千金之璧，负赤子而趋，何也？"

林回曰："彼以利合，此以天属也。"夫以利合者，迫穷祸害相弃也；以天属者，迫穷祸害相收也。夫相收之与相弃亦远矣。

《庄子·山木》

【译文】

假国被晋国灭亡，人们逃难，有一个叫林回的贤士，丢掉了价值千金的宝玉，却背着自己的婴儿逃跑。有人问他道："你是为了钱财吗？婴儿并不值钱；你是怕受拖累吗？携带婴儿逃难麻烦多着哩；

你丢掉了价值千金的宝玉，偏偏要背着一个不值钱的婴儿逃跑，这是为什么呢？”

林回回答道：“那块宝玉只不过因为值钱才和我有关联，这孩子却是我的至亲骨肉，他和我是天然地关联在一起啊！”凡是因为财帛货利相结合在一起的，碰上患难就会相互抛弃；凡因为骨肉情义相联系的，碰上患难就会相互救援。相互救援和相互抛弃，两者之间有着天壤之别啊！

【说明】

这则寓言说明，“以利合”即靠钱财关系结合在一起的，是不可能共患难的；而“以天属”即靠骨肉情义结合却能生死与共。

笼鸟减食

多捕众鸟，藏在大器，随时瞻视，养食以时。毛尾既长，随时剪落；选其肥者，日用供厨。中有一鸟，内自思惟：“若我食多，肥则致死；若饿不食，复致丧身。宜自料量。少食损肤，衣毛悦泽，当从笼出。”如其所念，即便少食，衣毛悦泽，便从其愿。

南北朝·后秦《出曜经》卷九

【译文】

养鸟的人捕了许多鸟，关在鸟笼里，天天观察，到时喂给食物。鸟尾巴毛长了，随时给剪短；每天挑出肥的来，送到厨房做菜肴。

其中有一只鸟，在笼子里思忖着："要是我吃多了，一长肥就得去送死；要是不吃，也得活活饿死。我应该自己计算食量。少吃一些，既能少长肉，又能使羽毛长得光滑，然后从笼里逃出去。"

他按自己的想法，减少食量，结果身子又瘦又小，羽毛又光滑，终于实现愿望，逃了出去。

【说明】

这则寓言告诉人们，自己要掌握自己的命运。就饮食而言，也不能暴饮暴食，必须掌握适度，"宜自料量"。

鲁人徙越

鲁人身善织屦，妻善织缟，而欲徙于越。或谓之曰："子必穷矣。"

鲁人曰："何也？"

曰："屦为履之也，而越人跣行；缟为冠之也，而越人被发。以子之所长，游于不用之国，欲使无穷，其可得乎？”

《韩非子·说林上》

【译文】

鲁国有一个人自己很会打草鞋，妻子很会织白绸。两口子想搬到越国去。有人对他说：“你到越国去必定会变穷。”那鲁国人问：“为什么呢？”

这个人回答说：“做鞋是为了给人穿的呀，但是越国人却习惯于赤脚走路；织白绸子是做帽子用的，但是越国人喜欢披散着头发，不戴帽子。以你们的专长，跑到用不着你的国家里去，要想不穷困，哪能办得到呢？”

【说明】

凡做一事，制定行动计划，必须先做调查研究，从实际出发，万不可纯凭主观，心血来潮，莽撞从事。做生意特别要了解市场的需要。

麻雀请宴

麻雀一日请翠鸟、大鹰饮宴。雀对翠鸟曰：“你穿这样好鲜明衣服的，自然要请在上席坐。”对鹰曰：“你虽然大些，却穿这样坏衣服，只好屈你在下席坐。”

鹰怒曰："你这小人奴才，如何这样势利？"

雀曰："世上哪一个不知道我是心肠小、眼眶浅的人！"

清·石成金《笑得好》

【译文】

麻雀有一天宴请翡翠鸟、大鹰。麻雀对翠鸟说："你穿着这样漂亮鲜明的衣服，自然要请在上席坐。"随后，对大鹰说："你虽然个子大些，但你穿着这样差的衣服，现只好委屈你在下席坐。"

大鹰气怒地说："你这个小人奴才，为什么这样势利？"

麻雀说："世上哪一个不知道我是心肠小、眼眶浅的人！"

【说明】

这里深刻揭露了那种敬衣不敬人的势利眼的市侩习气，也特别刻画了这些小人的奴才本质特征——"心肠小、眼眶浅"。

马价十倍

人有卖骏马者，比三旦立市，人莫之知。往见伯乐曰：“臣有骏马，欲卖之，比三旦立于市，人莫与言。愿子还而视之，去而顾之，臣请献一朝之贾。”

伯乐乃还而视之，去而顾之。一旦而马价十倍。

《战国策·燕策》

【译文】

有个卖骏马的人，接连三天呆在市上，没有人理睬。这人就去见相马的专家伯乐，说：“我有匹好马要卖掉它，接连三天呆在市上，没有人来问过，希望你给帮帮忙，去看看我的马，绕着我的马转几个圈儿，临走时再回过头去看它一眼，我愿意奉送给你一天的报酬。”

伯乐就去绕着马儿转几圈，临走时又回过头去再看了一眼，这匹马的价钱立刻暴涨了十倍。

【说明】

这则寓言以骏马比喻人才，说明有的人确有真才实学，但不一定能得到赏识和重用，因而需要有像伯乐这样的人来发现和举荐。骏马待伯乐至而增价，也说明权威的重要，但又不可盲目地崇拜和迷信别人，更要提防有的庸才借助或冒用权威之名来抬高自己的身价。

买凫猎兔

昔人将猎而不识鹘，买一凫而去。原上兔起，掷之使击，凫不能飞，投于地；又再掷，又投于地。至三四。凫忽蹒跚而人语曰：“我鸭也。杀而食之，乃其分，奈何加我以抵掷之苦乎？”

其人曰：“我谓尔为鹘，可以猎兔耳，乃鸭耶？”

凫举掌而示，笑以言曰：“看我这脚手，可以搦得他兔否？”

北宋·苏轼《艾子杂说》

【译文】

从前有个人将要去打猎，但是不认得鹘鸟，买了一只野鸭子回去。田野里突然窜出一只兔子来，他就把这野鸭抛出去，让它去追击。野鸭子飞不起来，被抛落在地上了。他又从地上把它举起来，再抛向兔子。野鸭子又被抛得跌在地上了。这样一连抛了三四次。野鸭子跌跌撞撞地从地上站起来，对他说：“我是鸭子呀！

杀掉后吃我的肉，是我的本分。为什么要强加我以被抛掷的痛苦呢？”

那人说：“我认为你是鹘鸟，可以用你追捕兔子的呢。怎么知道你竟是只野鸭子呢？”

野鸭子举起脚蹼，让那个人看，笑着对他说：“你看看，我的这手脚，可以用来按住、拿下兔子的吗？”

【说明】

要正确发挥一个人的作用，必须知道他的长处和短处。避其所短，用其所长。

卖宅避悍

有与悍者邻，欲卖宅而避之。人曰：“是其贯将满矣，子姑待之。”答曰：“吾恐其以我满贯也。”遂去之。故曰：物之几者，非所靡也。

《韩非子·说林下》

【译文】

有一个和凶悍人作邻居的人，想把自己的房屋卖掉，躲开这个凶悍残暴的人。有人对他说：“你的邻居就要恶贯满盈了，你姑且等待一下吧！”那人回答说：“我害怕他把我来满他的贯啊！”于是便卖掉房屋，搬走了。所以说，事物凡是含有危险性的，决不可靠近沾边！

【说明】

这则寓言故事里，把自己房屋卖掉的人有眼光，因为他看出，与他为邻的凶悍人总有一天要伤害他的。韩非就说过，生在争夺之世，万万不可失去警惕性。它告诫人们，凡危险的事物，对它不能粗心大意，凡险恶的人物，对他不可靠近沾边。

毛嫱与西施

毛嫱、西施，天下之至姣也。衣之以皮倛，则见者皆走；易之以元緆，则行者皆止。

由是观之，则元緆色之助也，姣者辞之，则色厌矣。

《慎子·威德》

【译文】

毛嫱、西施，是天下最漂亮的美女。让她们戴上打鬼驱疫用的假面具，看见的人都会被吓跑；要是换上一套漂亮的细料衣服，走路的人都要停步张望。

由此可见，高级的细料衣服可以使美女增色，如果不穿它，姣美就会大大减色。

【说明】

这篇寓言说明了“三分人才，七分打扮”的道理。

矛　盾

楚人有鬻盾与矛者，誉之曰："吾盾之坚，物莫能陷也。"又誉其矛曰："吾矛之利，于物无不陷也。"或曰："以子之矛陷子之盾何如？"其人弗能应也。

夫不可陷之盾与无不陷之矛，不可同世而立。

《韩非子·难一》

【译文】

楚国有个卖矛与盾的人，吹嘘自己的盾坚固，说："我的盾十分坚固，任何东西都不能刺穿它。"过了一会儿，又吹嘘他的矛相当锋利，说："我的矛锋利极了，没有什么东西它不能刺穿的。"有个人就应声问他："如果用你的矛，刺你的盾，将会怎么样呢？"这个楚国人不能回答。要知道，刺不穿的盾与刺无不穿的矛，这两种东西是不能同时并立的呀。

【说明】

这则寓言告诫人们，说话做事都要讲求实际，恰如其分。这个商人乱吹一气，说话自相矛盾，结果闹出笑话。

美 与 丑

杨子过于宋东之逆旅，有妾二人，其恶者贵，美者贱。杨子问其故，逆旅之父答曰：“美者自美，吾不知其美也，恶者自恶，吾不知其恶也。”杨子谓弟子曰：“行贤而去自贤之心，焉往而不美。”

《韩非子·说林上》

【译文】

杨朱到宋国去，住在一家旅店，看到旅店老板有两个老婆，那个长得丑的受到宠爱，长得美的却受到冷淡。杨朱问这是什么缘故。旅店的老板回答说：“美的自认为容貌长得漂亮，我就不觉得她美了；丑的自知容貌长得丑陋，我也就不觉得她丑了。”杨朱便对他的学生说：“行为高尚而又谦虚谨慎的，那才是真正的美。这样的人到哪里去会不好呢！”

【说明】

这则寓言故事里的旅店老板为何对容貌长得漂亮的老婆冷淡，就是因为她自以为自己漂亮，把美当作骄傲的资本，有点自命不凡，结果使丈夫心怀不满。它告诫人们，为人一定要谨慎谦虚，只有行为高尚而又谦逊的人，才称得上真正的美。

蒙鸠为巢

南方有鸟焉，名曰蒙鸠，以羽为巢，而编之以发，系之苇苕。风至苕折，卵破子死。

巢非不完也，所系者然也！

《荀子·劝学》

【译文】

南方有一种鸟，名叫蒙鸠。它用软软的羽毛做窝，并且用长长的发丝编织起来，把它系在芦苇穗上。大风一刮，芦苇穗就折断，鸟蛋打破了，雏鸟也摔死了。

其所以会这样，并不是窝做得不好，而是筑的地方不对头。

【说明】

这则寓言告诫人们，一切工作都必须建立在一个可靠的基础上，如果基础不牢，工作做得再细致，也会随着基础的动摇而毁坏的。

麋虎俱坠亡

虎逐麋，麋奔而阚于崖，跃焉；虎亦跃而从之。俱坠以死。

明·刘基《郁离子·麋虎》

【译文】

老虎追逐麋鹿，麋鹿奔上悬崖，俯视了一下，就跳下去了，老虎也跟着跳了下去。结果一起摔死了。

【说明】

这则麋虎俱坠亡的寓言故事告诫人们，贪得无厌，利欲熏心，必然会发展到利令智昏、见物不见人的程度，最后自食恶果。

莫砍虎皮

一人被虎衔去，其子要救父，因拿刀赶去杀虎。

这人在虎口里高喊说："我的儿，我的儿！你要砍，只砍虎脚，不可砍坏了虎皮，才卖得银子多！"

清 · 石成金《笑得好》

【译文】

有一个人被老虎衔去了，这个人的儿子要去救父亲，因此拿着刀赶去杀老虎。

这个人在老虎的嘴里大声高喊说："我的儿子，我的儿子，你要砍，就只砍老虎的脚，切不可砍坏了虎皮，只有这样才卖得更多的银子！"

【说明】

财迷心窍，被钱财蒙蔽了眼睛的人只会成为金钱的奴隶。

南辕北辙

魏王欲攻邯郸，季梁闻之，中道而反，衣焦不申，头尘不去，往见王曰：

“今者臣来，见人于大行，方北面而持其驾，告臣曰：‘我欲之楚。’

“臣曰：‘君之楚，将奚为北面？’

“曰：‘吾马良。’

“臣曰：‘马虽良，此非楚之路也。’

“曰：‘吾用多。’

“臣曰：‘用虽多，此非楚之路也。’

“曰：‘吾御者善。’

“‘此数者愈善，而离楚愈远耳。’

“今王动欲成霸王，举欲信于天下。恃王国之大，兵之精锐，而攻邯郸，以广地尊名，王之动愈数，而离王愈远耳，犹至楚而北行也。”

《战国策·魏四》

【译文】

魏王想去攻打赵国的邯郸，季梁听到这个消息

【画孔雀开屏】轴 局部［清］郎世宁 中国台北故宫博物院藏 71－4

【画孔雀开屏】轴 局部 ［清］郎世宁 中国台北故宫博物院藏 71-4

后，连忙从半路折回，衣服褶皱了也来不及抻平，满头的尘土也顾不得掸掉，匆匆忙忙去拜见魏王，说：

“这次我从外面回来，看到有一个人在大道上，正驾着车子向北走，告诉我说：‘我要到楚国去。’

“我说：‘你到楚国去，应该向南走，为什么向北走呢？’

“他说：‘我的马快。’

“我说：‘你的马虽然快，但这不是到楚国去的路呀！’

“他说：‘我的路费多。’

“我说：‘路费虽然多，但这不是通楚国去的路呀！’

“他说：‘我的驾车人本领高超。’

“我说：‘马越快，路费越多，驾车人的本事越高超，就离楚国越远啊！’

“如今，你一动就想称霸为王，一举就想取信于天下，依仗着大王的国土广大，军队精锐，而去攻打邯郸，以扩充疆域，抬高声威，大王这种行动越多，距离统一天下为王的目标就越远了。正好比想到楚国去而向北走一样。”

【说明】

这则寓言故事说明，如果方向错了，即使条件再好，也达不到目的，而且会离目的地越来越远。

猱搔虎痒

兽有猱，小而善缘，利爪。虎首痒，辄使猱爬搔之。不休，成穴，虎殊快不觉也。猱徐取其脑啖之，而汰其余以奉虎，曰："余偶有所获腥，不敢私，以献左右。"虎曰："忠哉，猱也，爱我而忘其口腹。"啖已又弗觉也。

久而虎脑空，痛发，迹猱，猱则已走避高木。虎跳踉，大吼乃死。

明·刘元卿《贤弈编·譬喻录》

【译文】

野兽中有一种猱，体小而善爬树，爪子锐利。老虎头上痒，就让猱替它搔。不停地搔，搔出洞来了，老虎却觉得特别惬意而不知有洞。猱就悄悄地汲取老虎的脑浆来吃，而且用剩余下来的虎脑浆献于虎，说："我难得获得这荤鲜，不敢自己吃，特地献给你吃。"老虎说："这只猱真是待我忠心耿耿，如此爱我而忘记了自己的口腹。"老虎吃自己的脑浆也不知道。

时间长了，虎脑快空了，发痛了，就去追踪猱，猱早就逃避到高树上去了。老虎翻腾蹦跳，大声吼叫而死。

【说明】

这则寓言告诉人们，人如果贪图安逸，不识人，不辨忠奸，那么后果会很严重。

藕如船

主人以藕梢待客，却留大段在厨。客曰："常读诗云：'太华峰头玉井莲，开花十丈藕如船。'初疑无此，今乃信然。"主曰："何故？"客曰："藕梢已到此，藕头尚在厨房中。"

明·冯梦龙《广笑府》

【译文】

有个主人用藕梢来招待客人，却将又粗又肥的藕头和藕身留在厨房里。客人说："我读诗，经常读到这样的名句：'太华峰头玉井莲，花开十丈藕如船。'起初我不相信有这样长的莲藕，今天才确信果有其事！"主人说："为什么？"客人答道："藕梢已经到了这里，可是藕头还在厨房里面躺着呢！"

【说明】

形象刻画了主人的吝啬和客人的机智。

庖丁解牛

庖丁为文惠君解牛，手之所触，肩之所倚，足之所履，膝之所踦，砉然响然，奏刀砉然，莫不中音。合于《桑林》之舞，乃中《经首》之会。

文惠君曰："谑，善哉！技盍至此乎？"

庖丁释刀对曰："臣之所好者道也，进乎技矣。始臣之解牛之时，所见无非牛者。三年之后，亦尝见全牛也。方今之时，臣以神遇而不以目视，官知止而神欲行。依乎天理，批大郤，导大窾，因其固然。技经肯綮之未尝，而况大軱乎！良庖岁更刀，割也；族庖月更刀，折也。今臣之刀十九年矣，所解数千牛矣，而刀刃若新发于硎。彼节者有间，而刀刃者无厚；以无厚入有间，恢恢乎其于游刃必有余地矣，是以十九年而刀刃若新发于硎。虽然，每至于族，吾见其难为，怵然为戒，视为止，行为迟。动刀甚微，谍然已解，如土委地。提刀而立，为之四顾，为之踌躇满志，善刀而藏之。"文惠君曰："善哉！吾闻庖丁之言，得养生焉。"

《庄子·养生主》

【译文】

庖丁替梁惠王解剖牛，手按着它，肩靠着它，脚踩着它，膝盖抵着它。皮肉分离，哗然响声；进刀牛体，响声哗哗。这一切声音，恰似音乐一般动听。既合乎古代《桑林》之舞的韵律，又符合古乐《经首》乐章的节奏。

梁惠王说："啊！妙极了！你的技术怎么能精熟到这般程度呢？"

庖丁放下刀子回答说："我爱研究牛体解剖方面的学问，远远超过了对于肢解牛的操作技巧钻研。我开始宰牛时，所看见的都是一只只完整的牛，经过三年的学习研究，我已经完全掌握牛解剖方面的学问，任何一只完整的牛摆在我的面前，我所注意的只是它的内部结构和脉络，也就是把它看成许多部分的组合，了解它各部分之间组合的规律，因而在我的心目中，再也没有完整的牛了。到了现在，我摸到牛体的各个部位，已经了如指掌，而不必用眼睛去观看了。感觉器官已经不起作用了，而精神活动却积极起来。顺着牛身上自然的纹理，劈开筋骨之间的空隙，导向骨节间的窍穴；依照牛的自然结构去用刀，一些支脉、经脉、筋骨肉、肌腱以及筋脉交结的地方，我的刀刃没有一点妨碍，更不用说那些大骨头了。好的厨师每年要更换一把刀子，因为他是用刀解剖牛；普通的厨师每月要换一把刀子，因为他是用刀去砍骨头。到今天为止，我这把刀已经用了十九年啊！用它宰的牛已有几千头了，可是，刀刃却像新刀刚刚在磨刀石上开了口一样锋利。那牛的骨节间有空隙，刀刃又薄，以薄刀插进骨节间，宽绰有余，活动方便。所以十九年了，我的刀刃还像新刀刚刚在磨刀石上开了口一样。尽管如此，每遇到筋骨脉络交错聚结的地方，我也感到不容易下手，总是警告自己谨慎小心。目不旁视、动作缓慢，用力极为微妙，喀喀几下，牛的骨肉就解开了，如一堆黄土散落在地上。这时我提刀站起，四周望望，心满意足，把刀擦干净好好地收藏起来。”

梁惠王听完后说：“好啊！我听了庖丁的这一番话，懂得了养生的道理了。”

【说明】

寓言生动地告诉我们一个哲理：世界上的一切事物都有各自规律，只要按照事物的客观规律去办事，也就能取得好的成绩。

齐人有好猎者

齐人有好猎者，旷日持久而不得兽。入则愧其家室，出则愧其知友州里。惟其所以不得之故，则狗恶也。欲得良狗，则家贫无从。于是还疾耕，疾耕则家富，家富则有以求良狗，狗良则数得兽矣。田猎之获，常过人矣。非独猎也，百事也尽然。

《吕氏春秋·贵当》

【译文】

齐国有个爱好打猎的人，荒废了很长时日也没有猎到野兽。在家愧对家人，在外愧对邻里朋友。他考虑打不到猎物的原因，是因为狗不好。想弄条好狗，但家里穷没有钱。于是就回家努力耕田，家里富了就有钱来买好狗，有了好狗，就屡屡打到野兽。打猎的收获，常常超过别人。不只是打猎如此，任何事都是这样。

【说明】

这篇寓言说明事物之间是相互联系的，办事要考虑到各方面因素。

杞人忧天

杞国有人忧天地崩坠，身亡所寄，废寝食者。又有忧彼之所忧者，因往晓之，曰：“天，积气耳，无处无气。若屈伸呼吸，终日在天中行止，奈何忧崩坠乎？”

其人曰：“天果积气？日、月、星宿，不当坠邪？”

晓之者曰：“日、月、星宿，亦积气中之有光耀者；只使坠，亦不能有所中伤。”

其人曰：“奈地坏何？”

晓者曰：“地，积块耳，充塞四虚，无处无块。若躇步跐蹈？终日在地上行止，奈何忧其坏？”

其人舍然大喜，晓之者亦舍然大喜。

《列子·天瑞》

【译文】

春秋时，杞国有一个人整天担忧天会塌，地会陷，害怕自己没有容身之处，弄得吃不下饭，睡不好觉。另有一个人却为这杞国人的忧虑而担忧，便去开导他说：“天，不过是积聚的气体罢了，没有一个地方没有气，你一举一动，一呼一吸，整天都在天中活动，为什么还担忧天会塌下来呢？”

杞国的那个人说：“如果天真是由气体积聚起来的，那么日月星辰，不都要掉下来吗？”

开导他的人说："日月星辰，也是气体积聚而成的，只不过它会发光罢了，即使掉下来，也不会打伤人的。"

杞国的那个人又说："地要陷落怎么办呢？"

开导他的人说："地，不过是堆积起来的土块罢了，到处都是，没有一个地方没有土块。你践踏行走，成天地在地上活动，为什么还要担忧它会陷落下去呢？"

这个杞国人听了，才抛掉了忧愁，高兴起来。开导他的人，也高兴地放心了。

【说明】

这则寓言是嘲笑那些为本来不用担忧的事而去担忧发愁的人。它还启示人们，要注意心理平衡，不要自寻烦恼。

千里买首

古之君人，有以千金求千里马者，三年不能得。

涓人言于君曰："请求之。"君遣之。三月得千里马，马已死，买其首五百金，反以报君。

君大怒曰："所求者生马，安事死马而捐五百金？"

涓人对曰："死马且买之五百金，况生马乎？天下必以王为能市马，马今至矣。"

于是不能期年，千里之马至者三。

《战国策·燕一》

【译文】

从前有个国君，愿出千金高价买一匹千里马，过了三年，千里马还是没有买到。

有个太监对国王说："请让我去找一找吧！"国王于是便派他去。过了三个月，得到了一匹千里马，但是，马已经死了，他就花了五百金把死马的头买了回来，向国王呈报了。

国王一见大怒，说："我是叫你去买活马，要这死马干什么？还白白花了五百金子。"

那太监对国王说："马死了，大王还肯用五百金买它，何况是活马呢？天下的人们必定认为大王是真心实意想买千里马的，现在千里马一定会送上门来的。"

果然，不到一年，送上门来的千里马就有三匹之多！

【说明】

这则寓言故事以千里马比喻贤能，劝说国君以重金厚禄招纳他们。它告诫人们，只要真心实意地重视和关心人才，就一定会得到人才。

千万买邻

宋季雅罢南康郡，市宅居僧珍宅侧。

僧珍问宅价。

曰："一千一百万。"

怪其贵。

季雅曰："一百万买宅，千万买邻。"

唐·李延寿《南史·吕僧珍传》

【译文】

季雅被罢免南康郡守的官职之后，在吕僧珍居家旁边购买了一处宅院。

僧珍询问他购买宅院的价钱多少。

季雅回答说："一千一百万钱。"

僧珍听到这么昂贵的价钱，很感奇怪。

季雅说："我是用一百万钱买房宅，用一千万钱买邻居呀！"

【说明】

这则寓言故事告诉人们，行要好伴，居要好邻。

黔　之　驴

黔无驴，有好事者船载以入。至则无可用，放之山下。虎见之，庞然大物也，以为神。蔽林间窥之，稍出近之，慭慭然莫相知。他日，驴一鸣，虎大骇，远遁，以为且噬己也，甚恐。然往来视之，觉无异能者。益习其声，又近出前后，终不敢搏。稍近，益狎，荡倚冲冒，驴不胜怒，蹄之。虎因喜，计之曰："技止此耳！"因跳踉大㘚，断其喉，尽其肉，乃去。

噫！形之庞也类有德，声之宏也类有能。向不出其技，虎虽猛，疑畏，卒不敢取。今若是焉，悲夫！

唐·柳宗元《柳宗元集》

【译文】

贵州没有驴子，有一个多事的人用船运了一头驴子到贵州。运到后，驴子又派不上用场，便把它放在山下牧养。老虎看见它是一个庞然大物，以为是神灵，就躲到树林里窥视。过一会儿，慢慢接近驴子，小心翼翼地观察它，还是不了解驴子究竟是什么东西。有一天，驴子叫了一声，使老虎大吃一惊，连忙跑到很远的地方去，以为驴子想吃它，十分恐惧。但是，反复地观察，觉得驴子没有什么特别的本领。后来老虎渐渐地听惯了驴子的叫声，又到驴子的前后左右转来转去！但始终还是不敢扑上去。稍后，老虎向驴子再靠近一些，进一步戏弄它，用碰撞、挨擦、顶撞等动作去触犯

它。驴子恼火起来，就用蹄子踢老虎，老虎因此高兴起来，心里猜想说："它的本领只不过如此而已！"就跳将起来，大声吼叫，咬断它的喉管，吃尽它的肉，这才离去。

唉！驴子身材庞大，似乎品德高尚；声音宏亮，好像本领高强。如果不露出它有限的本领，老虎虽然凶猛，毕竟还是疑虑畏惧，始终不敢进攻它。如今落得这个下场，可悲呀！

【说明】

这则寓言故事告诫人们不要装腔作势，而要切实学习过硬本领，不然，假象迟早是会被戳穿的。

强 取 人 衣

宋有澄子者，亡缁衣，求之涂。见妇人衣缁衣，援而弗舍，欲取其衣，曰："今者我亡缁衣。"

妇人曰："公虽亡缁衣，此实吾所自为也。"

澄子曰：“子不如速与我衣。昔吾所亡者纺缁也；今子之衣禅缁也。以禅缁当纺缁，子岂不得哉？”

《吕氏春秋·淫辞》

【译文】

宋国有个名叫澄子的人，丢了一件黑色衣服，到路上去寻找。他看见一个妇女穿着一件黑色衣服，就拉住她不放，想把她的衣服拿过来，说：“刚才我丢了一件黑衣服。”

那妇女说：“先生虽然丢了黑衣服，可我穿的这件衣服确实是我自己做的呀”

澄子说：“你还是赶快把你穿的衣服给我。我刚才丢掉的是件纺绸夹衣，你穿的不过是件黑布单衣。拿单衣换夹衣，难道不是便宜了你吗？”

【说明】

这则寓言故事是讽刺像澄子那样为了强夺人衣而编造荒谬逻辑的人。澄子强词夺理，胡搅蛮缠，看来好像逻辑思维混乱，其实乃是强烈的私有欲使他发了疯。

窃疾

子墨子谓鲁阳文君曰：“今有一人于此，羊牛刍豢，饔人袒割而和之，食之不可胜食也，见人之作饼，则还然窃之，曰：‘舍余食。’不知耳目安不足乎，其有窃疾乎？”鲁阳文君曰：“有窃疾也。”子墨子曰：“楚四竟之田，旷芜而不可胜辟，泽虞数千，不可胜用，见宋、郑之间邑，则还然窃之，此与彼异乎？”鲁阳文君曰：“是犹彼也。实有窃疾也。”

《墨子·耕柱》

【译文】

墨子对鲁阳文君说：“有这么一个人，羊牛等牲畜很多，经厨师宰杀烹调，多得吃不完。可他看见别人做饼，就敏捷地把它偷来，说：‘施舍给我一些食物。’不知道他是耳目的欲望不满足呢，还是生来就有偷窃的毛病呢？”

鲁阳文君肯定说：“必定是有偷窃的毛病。”

墨子又说：“楚国国境之内，荒芜着的土地多得开垦不完，管理川泽山林的官员有几千人，东西多得用不完，可是楚国看见宋、郑等小国的空城，就顺手攫取过来。这跟那个偷饼的人有什么不同呢？”

鲁阳文君说：“这和那个偷饼的人完全一样，他们实际上都有偷窃的毛病。”

【说明】

这则寓言，抨击了那些贪得无厌、侵占他人利益的人。

窃金不止

荆南之地，丽水之中生金，人多窃采金。

采金之禁，得而辄辜磔于市，甚众，壅离其水也，而人窃金不止。

夫罪莫重辜磔于市，犹不止者，不必得也。

《韩非子 · 内储说上》

【译文】

楚国南方有块地方，其丽水河流中产有砂金，人们多去偷着采金。

朝廷明令禁止采金，违者，被捉住后就在市上处以五马分尸的重刑。受刑的人很多，以致尸体把丽水堵塞得不通了，但人们窃金的行为还不停止。

治罪没有再比分裂肢体于市上更重的，但人们还是窃金不止，这是由于总有侥幸逃脱的人。

【说明】

这则寓言故事告诫人们，只有严刑峻法是不够的，还必须杜绝人们的侥幸心理。

曲 高 和 寡

客有歌于郢中者，其始曰《下里巴人》，国中属而和者数千人；其为《阳阿》《薤露》，国中属而和者数百人；其为《阳春白雪》，国中属而和者不过数十人；引商刻羽，杂以流徵，国中属而和者不过数人而已。是其曲弥高，其和弥寡。

宋玉《对楚王问》

【译文】

有人在楚国郢都唱歌，它开始唱《下里巴人》时，都城里面聚在一起跟着他唱的有好几千人；接着唱《阳阿》《薤露》时，跟着唱的还不下几百人；随后又唱《阳春白雪》时，跟着唱的不过几十个人；等他唱起音调多变、悠扬流转的高深歌曲时，能跟着唱的不过几个人而已。这就是说，他唱的曲越高深，调越高级，能和他一起唱的人就越少。

【说明】

这个故事告诉人们，要全面地分析问题，高雅的艺术暂时不被多数人理解和接受，是常有的事情，不应因此简单地加以否定，也不应以此去鄙薄那些通俗的作品。

曲突徙薪

客有过主人者，见灶直突，傍有积薪。

客谓主人曰："曲其突，远其积薪；不者，将有火患。"主人嘿然不应。

居无几何，家果失火。乡聚里中人哀而救之，火幸息。

于是杀牛置酒，燔发灼烂者在上行，余各用功次坐，而反不录言曲突者。向使主人听客之言，不费牛酒，终无火患。

西汉·刘向《说苑·权谋》

【译文】

有位客人去探访一家主人，看见他家灶上砌了一个很直的烟囱，靠近烟囱的地方还堆积着很多柴草。

这位客人便对主人说："你应该把烟囱改建成弯曲的，柴草要搬远一点，不然的话，将会引起火灾。"

主人听了不以为然，默不作声。

过了不多天，他家果然失火，乡里邻居纷纷跑来救火，幸而把火灭了。

事后，他宰牛摆酒，答谢帮忙的邻居，凡是那些被烧得焦头烂额的人都请上席坐，其他救火的人也都按功劳大小排定座次，但那个劝他把烟囱改成弯曲的客人，却没有被请来。假若主人听从客人的劝告，就用不着破费宰牛摆酒宴的钱财，也根本不会发生这场火灾了。

【说明】

这则寓言故事告诫人们，遇事要注意分析根本原因，从偶然性中发现必然性，事先采取积极措施，才能防患于未然。

劝　学

有游于子墨子之门者，子墨子曰：“盍学乎？”

对曰：“吾族人无学者。”

子墨子曰：“不然。夫好美者，岂曰吾族人莫之好，故不好哉？夫欲富贵者，岂曰我族人莫之欲，故不欲哉？好美、欲富贵者，不视人，犹强为之。夫义，天下之大器也，何以视人，不强为之？”

《墨子·公孟》

【译文】

有个人来到墨子门下，墨子语重心长地对他说：“为什么不学习大义呢？”

此人回答说：“我家族中没有人学它。”

墨子说："不是这样，爱美的人，难道说我家族中没有人爱美，所以我也不爱吗？向往富贵的人，难道说我家族中没有人向往，所以我也不向往富贵吗？爱美、向往富贵的人，不看他人行事，还努力去做。大义是天下最可宝贵的，为什么要看他人行事，不努力去做呢？"

【说明】

这篇寓言是说，自己认为正确的事业，不必左顾右盼，就应当努力学习和从事。

染　丝

子墨子言，见染丝者而叹曰："染于苍则苍，染于黄则黄。所入者变，其色亦变。五入必，而已则为五色矣。故染不可不慎也。"

非独染丝然也，国亦有染。

《墨子·所染》

【译文】

墨子看见人染丝，感叹地说："雪白的蚕丝放入青色的染缸，变成了青色；放入黄色的染缸，变成黄色。染料的颜色改变了，蚕丝的颜色也随着改变。蚕丝染了五次，而它的颜色也改变了五次。因此，染丝的时候，不能不小心谨慎呵！”

不仅仅染丝如此，做人治国也是同样的情况啊！

【说明】

客观环境对人的思想影响极大。人的思想本来是洁白的，但是，光怪陆离的社会环境，简直像五颜六色的大染缸。所谓“近朱者赤，近墨者黑”就是这个道理。

攘鸡者

今有人，日攘其邻之鸡者。

或告之曰：“是非君子之道。”

曰：“请损之，月攘一鸡，以待来年，然后已。”

如知其非义，斯速已矣，何待来年？

《孟子·滕文公下》

【译文】

有这么一个人，每天都要偷邻居家的一只鸡。

有人劝告他说：“这不是正派人的做法。”

他回答说：“那我就减少一些吧，以后每个月偷一只鸡，等到明年，我再也不偷了。”

既然知道这样做不对，就应该马上改正，为什么还要等到明年呢？

【说明】

这篇寓言是说，知道错误就应立即改正，不能拖延。

任公子钓大鱼

任公子为大钩巨缁，五十犗以为饵，蹲乎会稽，投竿东海，旦旦而钓，期年不得鱼。已而大鱼食之，牵巨钩，錎没而下，骛扬而奋鬐，白波若山，海水震荡，声侔鬼神，惮赫千里。任公子得若鱼，离而腊之，自制河以东，苍梧已北，莫不厌若鱼者。已而后世辁才讽说之徒，皆惊而相告也。

夫揭竿累，趣灌渎，守鲵鲋，其于得大鱼难矣，饰小说以干县令，其于大达亦远矣，是以未尝闻任氏之风俗，其不可与经于世亦远矣。

《庄子·外物》

【译文】

任国的公子做了一个很大的钓鱼钩，用很粗的黑丝绳系上去，用五十头犍牛做钓饵。他蹲在会稽山顶上，把钓竿子上的饵投到东海，每天都这样垂钓，

整整一年过去了，他却一条鱼也没有钓到。后来有一条大鱼吞了他的鱼饵，一会儿牵着大钩沉没水底，一会儿张鳍摆脊愤怒地窜出水面。只见白浪如山，海水震荡，叫声如鬼哭神嚎，千里闻之都会心惊肉跳。任国的公子终于钓到了这条大鱼。他把它开肠破肚，切成许多块，然后加工制成鱼干。自浙江以东、南岭以北的广大地区，所有的人都饱餐了这条大鱼。这件事情过去以后，那些才疏学浅专爱说长道短的人，都惊奇地相互传说着这件事。

由此看来，拿着普通的钓具，成天在小沟小河旁边打转，眼睛只看见鲇鱼鲫鱼一类小鱼的人们，要想钓到大鱼实在是太难了！那些发表肤浅的议论却希望博得高名美誉的人，他们离深明大义、洞彻世事的思想境界，也相差很远啊！因此，那些没有听说过任公子志趣广博、抱负弘大之风的人，他们与那些经世之才相比，相差也很远啊！

【说明】

任公子终于钓到大鱼的故事说明，放长线，才能钓到大鱼，那些眼光短浅，“趣灌渎，守鲵鲋”的人，是永远得不到大鱼的。它告诫人们，一个人要成就一番大的事业，必须有宏大的抱负，广阔的视野，不追求一朝一夕的成功，而要按照既定的目标，始终坚持下去。

塞翁失马

近塞上之人，有善术者，马无故亡而入胡，人皆吊之。其父曰："此何遽不为福乎？"

居数月，其马将胡骏马而归，人皆贺之。其父曰："此何遽不能为祸乎？"

家富良马，其子好骑，堕而折其髀，人皆吊之。其父曰："此何遽不为福乎？"

居一年，胡人大入塞，丁壮者引弦而战，近塞之人，死者十九，此独以跛之故，父子相保。

故福之为祸，祸之为福，化不可极，深不可测也。

《淮南子·人间训》

【译文】

靠近边塞不远的地方，住着一个喜欢骑马射箭的人。有一天，他家的一匹马无缘无故地跑到塞外胡人居住的地方去了，周围的人知道后都为他惋惜。他的父亲却说："怎么就知道这不是一件好事呢？"

过了几个月，他丢失的马带了一匹胡人的骏马回来了，人们都来祝贺他。他父亲又说：“怎么就知道这不会变成一场祸害呢？”

家里有了好马，他的儿子又好骑，一天果然失手从马上坠下来，摔断了腿，人们都来慰问他。他父亲又说：“怎么就知道这不是一件好事呢？”

过了一年，胡人大举入侵，青壮年都去打仗而且十分之九都牺牲了，独独他却因跛脚未能出征，父子得以保全了性命。

所以说，福可转为祸，祸可以转为福，变化无穷极，这道理是深不可测的啊。

【说明】

这个故事告诉人们，任何事物都有两重性，好和坏、福和祸，它们之间的界限不是绝对的，在一定的条件下可以互相转化。

三人成虎

庞葱与太子质于邯郸，谓魏王曰：“今一人言市有虎，王信之乎？”

王曰：“否。”

“二人言市有虎，王信之乎？”

王曰：“寡人疑之矣。”

“三人言市有虎，王信之乎？”

王曰：“寡人信之矣。”

庞葱曰：“夫市之无虎明矣，然而三人言而成虎。今邯郸去大梁也远于市，而议臣者过于三人矣，愿王察之矣。”

王曰：“寡人自为知。”于是辞行，而谗言先至。后太子罢质，果不得见。

《战国策·魏二》

【译文】

庞葱陪太子到赵国的京城邯郸去作人质，他对魏王说：“如果现在有一个人说街上有老虎，大王相不相信呢？”

魏王说：“不信。”

庞葱又说：“如果有两个人说街上有虎，大王相不相信呢？”

魏王说：“我疑惑了。”

庞葱再说：“如果有三个人说街上有虎，大王相不相信呢？”

魏王说：“这我就相信了。”

庞葱说：“街上本来明明白白没有老虎，然而因为有三个人说有老虎，你就轻信有老虎了。现在赵国的京城邯郸到魏国的京城大梁比这里到市上还远，若背后说我坏话的人超过了三个，恳请大王不要轻信，而要仔细察看。”

魏王说："我自己知道该怎么办，不会随便相信人言。"于是庞葱便向魏王辞行，陪太子到邯郸去作人质。然而他们刚刚走，向魏王进谗言的人就来了。后来，太子被放回来了，而魏王却再也没有召见过庞葱。

【说明】

这则寓言说明，对人对事，不能以为多数人说的就可以轻信，而要多方进行考察，加以研究。

社　鼠

社，束木而涂之，鼠因往托焉。熏之，则恐烧其木；灌之，则恐败其涂。此鼠所以不可得杀者，以社故也。

国亦有焉，人主左右是也。

《晏子春秋·内篇问上》

【译文】

社庙是用一根根木头连成栅栏，再涂上稀泥建造而成的。老鼠就在这里做窝生活。人们如果用烟熏它，就会担心烧坏栅栏；如果用水灌鼠洞，又怕冲坏了栅栏上涂的泥巴。这些老鼠之所以不能根除，都是因为人们怕毁坏了社庙的缘故。

国家也有这类人物，国君周围的奸臣就是。

【说明】

要根除社鼠这样的人不易，需要国君亲君子，远小人。

生子容易作文难

一秀才将试，日夜忧郁不已，妻乃慰之曰：“看你作文，如此之难，好似奴生产一般。”

夫曰：“还是你们生子容易。”

妻曰：“怎见得？”

夫曰：“你是有在肚里的，我是没在肚里的。”

明·冯梦龙《笑府·腐流》

【译文】

一个秀才将应考，日夜忧郁不已。妻子于是安慰他说：“看你作文，这样的为难，好像我生孩子一样了。”

丈夫说：“还是你们生孩子容易。”

妻子说：“何以见得？”

丈夫说：“你是肚子里有的，我肚里是没有的。”

【说明】

寓言辛辣讽刺了不学无术者的窘态。

食　肉

有人好学苏文，经久不就。然其意颇切，其工亦深，终无稍息。

日啖肉一方，约二斤，煮极烂，方下箸。

适友人至，询食何物？

曰："食东坡肉也！"

友戏曰："子何恨坡仙乃若是邪？"

清 · 黄图珌《看山阁闲笔》

【译文】

有一个人喜爱学习苏东坡的文章，学了很久也没有什么成就。但是他学东坡文章的心意十分急切，下的功夫也相当深，始终没有丝毫懈怠过。

他每天吃一方块肉，约有二斤重，煮得非常烂，才下筷子去吃。

正好有一个朋友来了，询问他吃什么东西？

此人说："吃东坡肉呀！"

朋友戏弄他说："你为什么恨苏东坡恨到这般地步啊！"

【说明】

告诉人们，学习要得法，要抓住要领，要学以致用，不可拘于一隅。

守株待兔

宋人有耕田者，田中有株，兔走，触株折颈而死。因释其耒而守株，冀复得兔。兔不可复得，而身为宋国笑。

《韩非子·五蠹》

【译文】

宋国有个农民正在耕田，田里有棵大树桩，一只飞奔的兔子撞在树桩上，折断脖子死了。这个农民便放下农具，守在树桩旁边，希望再次得到撞死的兔子。结果，兔子没有得到，而他的这种行为却被当作笑话在宋国传开了。

【说明】

这则寓言故事告诫人们，干任何事情都必须要有实干精神，不能抱有侥幸心理。

熟能生巧

陈康肃公（尧咨）善射，当世无双，公亦以此自矜，尝射于家圃，有卖油翁释担而立，睨之，久而不去。见其发矢十中八九，但微颔之。

康肃问曰：“汝亦知射乎？吾射不亦精乎？”翁曰：“无他，但手熟尔。”康肃忿然曰：“尔安敢轻吾射！”翁曰：“以我酌油知之。”乃取一葫芦置于地，以钱覆其口，徐以杓酌油沥之，自钱孔入，而钱不湿。因曰：“我亦无他，惟手熟尔。”康肃笑而遣之。

北宋·欧阳修《归田录》

【译文】

北宋时有个叫陈康肃（尧咨）的人，善于射箭，在当时是举世无双的，他也因此而骄傲。一天，有个卖油的老头放下担子，站在那里眯斜着眼睛看他射箭，久久不肯离去。当看见他射十箭中了八九箭时，却只是微微点了点头，以表赞许。

陈康肃问他：“你也会射箭吗？你看我射箭技术高超吗？”老头回答：“没有什么，只是手熟而已！”陈康肃恼怒地说：“你怎么敢轻视我射箭的本领！”老头回答：“凭着我卖油的经验就知道这个道理。”于是他便取出一个葫芦放在地上，用一枚铜钱盖住口子，然后用勺子慢慢地舀油注入葫芦，油顺着钱币中间的小孔倒入，却不打湿钱币。倒完之后，他说："我这种技能也没有什么奥妙，只不过是熟练罢了。"陈康肃听了笑了笑，然后打发他走了。

【说明】

这则寓言告诫人们，实践出真知，凡事只要勤学苦练，就能熟能生巧，达到精通的程度。

死后不赊

一乡人，极吝致富，病剧牵延不绝气，哀告妻子曰："我一生苦心贪吝，断绝六亲，今得富足，死后可剥皮卖与皮匠，割肉卖与屠，刮骨卖与漆店。"必欲妻子听从，然后绝气。既死半日，复苏，嘱妻子曰："当今世情浅薄，切不可赊与他！"

明·冯梦龙《广笑府·贪吝》

【译文】

有个乡下人，依靠极其吝啬而发了财，后来身患重病，气息奄奄，就是不肯断气，他哀告妻子说："我一生贪婪吝啬，苦心积攒，六亲断绝，才得到今天的富足，我死后可以剥下我的皮卖给皮匠，割下我的肉卖给屠户，取下我的骨头卖给漆店。"一定要妻子允诺，他才肯断气。他已经死了半天，又

【画土尔巴特白鹰】轴 局部［清］艾启蒙 中国台北故宫博物院藏

【画土尔巴特白鹰】轴 局部 ［清］艾启蒙 中国台北故宫博物院藏 71-5

苏醒过来，叮嘱说：“如今世道炎凉，人情淡薄，切记千万不可赊给人家！”

【说明】

辛辣地讽刺了那些惟利是图、贪得无厌的人。

宋人御马

宋人有取道者，其马不进，倒而投之溪水。又复取道，其马不进，又倒而投之溪水。如此三者，虽造父之所以威马不过此矣。不得造父之道，而徒得其威，无益于御。

《吕氏春秋·用民》

【译文】

宋国有个赶路的人，他的马不肯前进，就把马杀死扔进河沟里去。他又驾上一匹马赶路，马又不肯前进，他又把马杀掉扔进河沟。这样一连杀了三次，就是造父使用威力驯服马匹也不过如此。那个宋国人没有学到造父御马的技术和方法，却仅仅学到用威力驯马，这对驾驭马匹是没有什么用处的。

【说明】

这则寓言故事告诫人们，只学形式，不学内容，只看现象，不看本质，是不行的，御马是这样，做其他事情也是如此。

螳螂搏轮

齐庄公出猎，有一虫举足将搏其轮。问其御曰："此何虫也？"

对曰："此所谓螳螂者也。其为虫也，知进而不知却，不量力而轻敌。"

庄公曰："此为人而必为天下勇武矣！"回车而避之。

《淮南子·人间训》

【译文】

齐庄公出外打猎，看见一只小昆虫举起脚来要和车轮搏斗。他问车夫说："这是什么虫呀？"

车夫回答说："这就是平常所说的螳螂。这虫光知道前进而不知道后退，不自量力而轻视敌人。"

庄公感叹地说："这虫假如是人，必定是天下最勇敢善战的武士了！"他连忙叫车夫掉转车头避开它。

【说明】

这个寓言启示人们，要善于选贤任能。

田父得玉

魏田父有耕于野者，得宝玉径尺，弗知其玉也，以告邻人。邻人阴欲图之，谓之曰：“怪石也。畜之，弗利其家，弗如一复之。”

田父虽疑，犹录以归，置于庑下。其夜玉明，光照一室。田父称家大怖，复以告。邻人曰：“此怪之征，遄弃，殃可销。”于是遽而弃于远野。

邻人无何盗之，以献魏王。魏王召玉工相之。玉工望之，再拜而立，曰：“敢贺王得此天下之宝，臣未尝见。”

王问价。玉工曰：“此玉无价以当之。五城之都，仅可一观。”魏王立赐献玉者千金，长食上大夫禄。

《君文子·大道上》

【译文】

魏国有位在田野耕种的老农夫，拾得一块直径一尺的宝玉，但他不识宝，便把此事告诉邻居。邻居暗中盘算要把宝玉弄到手，欺骗农夫说：“这是块怪石头。收藏起来，对家庭不吉利，不如把它再放回原处。”

老农夫虽然心中疑惧，还是把它搬回家里，放在房廊上。当夜宝玉通明，照亮了整间屋子。老农夫全家惊恐万状，又把发生的事告诉邻居。邻居说："这是鬼怪的征兆，赶快丢掉，灾祸就可以消除。"老农夫于是急忙把宝玉丢到很远的野外去了。

邻居没等多久，就把它偷去献给魏王，魏王召玉工来鉴别。玉工远远一看，朝魏王行了两次礼，然后站起来说："我冒昧地恭贺国王得到这块天下名宝，这样的稀世珍宝我还从来没有看见过。"

魏王问宝玉价值多少。玉工说："这是无价之宝，就是拿五座城来换，也只能让他看一眼。"魏王立即赏赐给献玉人千斤金子，并让他一辈子享受上大夫的俸禄。

【说明】

这篇寓言，无情地揭露和鞭挞了那些用谎言、盗窃等手段以猎取高官厚禄的人。

田鸠见秦王

墨者有田鸠，欲见秦惠王，留秦三年而弗得见。客有言之于楚王者，往见楚王。楚王说之，与将军之节以如秦至，因见惠王。告人曰："之秦之道，乃之楚乎？"固有近之而远、远之而近者。时亦然。

《吕氏春秋·首时》

【译文】

墨家有个叫田鸠的人，想要见秦惠王，在秦国呆了三年但没能见到。有个客人把这情况告诉了楚王，田鸠就去见楚王。楚王很喜欢他，给了他将军的符节出使秦国。他到了秦国，凭借这个身份见到了秦惠王。田鸠告诉别人说：“到秦国见惠王之道，竟然是先去楚国啊！”事情本来就有离得近反而疏远、离得远反而靠近的道理。时机也是这样的。

【说明】

这篇寓言说明办事除了主观愿望以外，还必须具备客观条件，必须掌握时机。

田子方赎老马

田子方见老马于道，喟然有志焉。以问其御曰：“此何马也？”

其御曰：“此故公家畜也。老罢而不为用，出而鬻之。”

田之方曰：“少而贪其力，老而弃其身，仁者弗为也。”束帛以赎之。

罢武闻之，知所归心矣。

《淮南子·人间训》

【译文】

田子方看见一匹老马站在道旁，叹息着呈现出志在千里的样子。便询问赶车的人说：“这是什么马呀？”

赶车的人回答说：“这是旧尊老家所养的一匹马，由于老弱不再使用了，便牵出来想把它卖掉。”

田子方说：“年少的时候贪用它的力气，年老的时候就想把它抛弃，这是有仁义的人所不愿干的事。”说着便用五匹帛赎买了这匹老马。

老臣罢武听说之后，便知道有所归向了。

【说明】

这则寓言里，老臣罢武之所以能够“知所归心”者，是由于他向往以束帛赎老马的田子方。它说明，少者怀之，老者安之，这是常理、常情，那种“拉完磨便杀驴”的做法是令人寒心的。

同舟共济

吴人与越人相恶也，当其同舟而济，遇风，其相救也，如左右手。

《孙子兵法·九地》

【译文】

吴国人和越国人曾经常打仗，积怨很深，但当他们同坐在一条船上过河，遇到大风大浪，船就要被掀翻的危险时刻，他们忘掉一切怨恨，互相关怀救助，好像是一个人的左右手，不分彼此。

【说明】

这则寓言是说，为了共渡难关，可以与那些积怨很深的对手团结一致。

剜股藏珠

海中有宝山焉，众宝错落其间，白光煜如也。海夫有得径寸珠者，舟载以还。行未百里，风涛汹簸，蛟龙出没可怖。

舟子告曰："龙欲得珠也！急沉之，否则连我矣！"

海夫欲弃不可，不弃又势迫，因剜股藏之，海波遂平。至家出珠，股肉溃而卒。

……

嗟夫！天下之至贵者身尔。人乃贵外物而丧其身，身死虽宝奚用焉？何其惑之甚也？

明 · 宋濂《龙门子凝道记 · 秋风枢》

【译文】

海中有座宝山，很多宝物错杂分布其间，白光照耀着。有个海夫从这里觅得直径一寸的大宝珠，船载而归。航行不到百里，海风大作，海涛汹涌簸荡，见一条蛟龙浮游沉没着，十分恐怖。

船夫告诉他说："蛟龙想要得到宝珠呀！快把宝珠丢到海里去，否则，连累我们遭祸！"

海夫想把玉珠丢进大海又舍不得，不丢又迫于蛟龙所逼，因而把自己大腿挖开，将宝珠藏进去，海涛就平静了。回到家里，把宝珠取出来时，大腿肉已溃烂，不久死去。

……

唉！天下最宝贵的是自己的身体。这个人竟然过分看重身外之物而毁掉自己的身体。自己死了，宝珠又有何用呢？为什么愚蠢糊涂到这般地步呢？

【说明】

这则寓言告诫人们，人要自重，爱护自己的身体，不要贪图钱财。海夫的形象，足为追名逐利者戒。

亡羊补牢

庄辛谓楚襄王曰："君王左州侯，右夏侯，辇从鄢陵君与寿陵君，专淫逸侈靡，不顾国政，郢都必危矣。"

襄王曰："先生老悖乎？将以为楚国妖祥乎？"

庄辛曰："臣诚见其必然者也，非敢以国妖祥也。君王卒幸四子者不衰，楚国必亡矣。臣请辟于赵，淹留以观之。"

庄辛去之赵，留五月，秦果举鄢、郢、巫、上蔡、陈之地，襄王流掩于城阳。于是使人发驺，征庄辛于赵。庄辛曰："诺。"

庄辛至，襄王曰："寡人不能用先生之言，今事至于此，为之奈何？"庄辛对曰："臣闻鄙语曰：'见兔而顾犬，未为晚也；亡羊而补牢，未为迟也。'臣闻昔汤、武以百里昌，桀、纣以天下亡。今楚国虽小，绝长续短，犹以数千里，岂特百里哉？"

《战国策·楚四》

【译文】

庄辛对楚襄王说："君王的左边有宠臣州侯，右边有夏侯，车驾后面跟着的是鄢陵君和寿陵君，一味穷侈极乐，荒淫无度，不理朝政，楚国就会危在旦夕。"

襄王说："先生是老糊涂了吧？还是认为楚国遇到了不祥呢？"

庄辛说："为臣看来，确实会是这样的啊！并非是我故意说楚国不吉祥的话。君王如果始终宠爱这四个小人，那么楚国就非亡不可，请求君王让我到赵国去，在那里看结果吧！"

庄辛到赵国不到五个月，秦国果然一举攻下楚国的鄢、郢、巫、上蔡、陈这几个地方，襄王自己也逃到齐国的城阳。这时，襄王派人驾车到赵国去召庄辛回来，庄辛说“可以”。

庄辛回来后，襄王就说：“我没有听先生的话，如今到这个地步，你看怎么办好呢？”庄辛回答道：“为臣的曾经听过这样的俗语：‘见到兔子才放出猎犬，并不算晚，失掉了羊而修补羊圈，也未为迟。’为臣的曾经听说商汤王、周武王都是以百里之地而兴旺发达起来的，夏桀王、商纣王虽然占有整个天下，结果都以荒淫残暴而自取灭亡。今天，楚国虽然小了，但截长补短还有几千里，岂只是一百里呢！”

【说明】

处理事情发生错误后，如果及时去挽救，还不算晚。

望洋兴叹

秋水时至，百川灌河，泾流之大，两涘渚崖之间，不辨牛马。于是焉河伯欣然自喜，以天下之美为尽在已。顺流而东行，至于北海，东面而视，不见水端，于是焉河伯始旋其面目，望洋向若而叹曰：“野语有之曰：‘闻道百以为莫己若者’，我之谓也！且夫我尝闻少仲尼之闻而轻伯夷之义者，始吾弗信，今我睹子之难穷也，吾非至于子之门则殆矣，吾长见笑于大方之家。”

《庄子·秋水》

【译文】

秋水涨了，无数条溪水汇合于大河，河水猛涨，淹没了两岸的高地和水中的沙洲，河面宽得看不清对岸的牛马。这样一来，河伯就洋洋自得起来了，以为世界上所有壮丽的景色都集中在自己身上了。他顺着河水向东行，一直来到北海，向东一望，一片辽阔的大海，看不见水的边际。于是乎，河伯才改变了他骄傲的面容，仰望着海洋，向海神感慨地说：“俗话说：‘有的人只听到万分之一的道理，就以为谁也比不上自己’，这说的正是我自己呀！我曾听说有人嫌孔子的学问少了，瞧不起伯夷的大义，起初我不相信，今天我亲眼看到您的浩瀚无边，才知道自己往日的见闻实在太浅陋啊。如果我不到你这里来看一看，那就危险了，那样，我将会永远受到深明大道的人的耻笑！”

【说明】

这则寓言说明，同潺潺溪水相比，宽阔涌流的大河确实壮观；而面对浩瀚无边的大海，河水就显得非常渺小。它告诫人们：学然后知不足。骄傲自满，实在是空疏无知。

为盗之道

齐之国氏大富，宋之向氏大贫，自宋之齐请其术。

国氏告之曰："吾善为盗。始吾为盗也，一年而给，二年而足，三年大壤。自此以往，施及州闾。"

向氏大喜。喻其为盗之言，而不喻其为盗之道。遂踰垣凿室，手目所及，亡不探也。未及时，以赃获罪，没其先居之财。

向氏以国氏之谬己也，往而怨之。

国氏曰："若为盗若何？"

向氏言其状。国氏曰："嘻！若失为盗之道至此乎？今将告若矣：吾闻天有时，地有利。吾盗天地之时利，云雨之滂润，山泽之产育，以生吾禾，殖吾稼，筑吾垣，建吾舍。陆盗禽兽，水盗鱼鳖，亡非盗也。夫禾稼、土木、禽兽、鱼鳖，皆天之所生，岂吾之所有？然吾盗天而亡殃。夫金玉、珍宝、谷帛、财货，人之所聚，岂天之所与？若盗之而获罪，孰怨哉？"

《列子·天瑞》

【译文】

齐国有家姓国的人很富，而宋国有家姓向的人很穷。一天，向家特地从宋国到齐国去，向姓国的请教发财致富的诀窍。

姓国的告诉他说："我不过会偷盗罢了。当我开始做盗贼时，一年就能自己养活自己，二年就有盈余，到了第三年就大大富裕起来了。从此以后，有能力接济周围的邻居了。"

姓向的听了非常高兴。但他只记住了做强盗的话，而没有领会怎样去"盗"的道理。于是回去以后，便翻墙打洞，凡是手所能摸到的、眼睛所能看到的，无所不偷。没有多久，官府以盗窃罪把他抓去，原先所有的财产也都被没收了。

姓向的以为姓国的人哄骗他，便找上门去抱怨他。

姓国的人问："你是怎样偷的呀？"

姓向的把偷盗的经过告诉了他。国氏说："唉呀！你违反做贼的道理竟达到如此境地啊！现在我特意把这道理告诉你吧：你听说天有春夏秋冬之时序，地有稻粱菽黍之出产。我偷的正是这种天时地利。云雨可以滋润庄稼，山林沼泽可以植树养鱼，我利用这些来种植我的庄稼，修筑我的墙垣，建造我的房屋。在陆地上，我'偷盗'飞禽走兽；在水里，我'偷盗'鱼、鳖水产，真是无所不'偷'。五谷、瓜果、庄稼、土地树木、飞禽走兽、鱼虾龟鳖都是自然界里生长的，哪一件是属于我的呢？然而我偷自然界的东西却是遭不到祸殃的。可是金银、珠玉、谷帛、钱财货物，都是人们积聚起来的，哪一件是自然界所赐予的呢？你去偷这些东西而获罪被捕，那怪得了谁呢？”

【说明】

这则寓言告诫人们，只从词句的表面意义去理解问题，不深刻领会精神实质，结果必然导致错误。还告诉人们，自然界是取之不尽，用之不竭的。只要因地制宜，合理利用，通过辛勤的劳动，就能产生无穷无尽的财富。

卫人嫁子

卫人嫁其子而教之曰：“必私积聚。为人妇而出，常也；成其居，幸也。”

其子因私积聚，其姑以为多私而出之，其子所以反者倍其所以嫁。其父不自罪于教子非也，而自知其益富。

今人臣之处官者皆是类也。

《韩非子·说林上》

【译文】

卫国有个人，当他的女儿出嫁时，教训她说：“到了婆家，一定要多积攒私房，做人家的媳妇被遗弃回娘家，是常有的事。不被遗弃，夫妻能够白头偕老，这是侥幸的。”

他的女儿到了婆家后，果然拼命积攒私房。婆婆嫌她私心太重，于是把她赶回娘家了。这个女儿带回的钱财比出嫁时带去的嫁妆还要多出一倍。她的父亲不责怪自己教女不当，反而自以为聪明，认为这样可以使家里更富了。

如今做官的人当中那种贪赃枉法聚敛钱财的，正是和这类行径一样呀。

【说明】

这则寓言揭露了那些贪官污吏惟利是图、寡廉鲜耻的丑恶面目和内心世界。它也告诫人们，要重视好的家教，父母的一言一行对子女的影响极大。

畏影恶迹

人有畏影恶迹而去之走者，举足愈数而迹愈多，走愈疾而影不离身，自以为尚迟，疾走不休，绝力而死。不知处阴以休影，处静以息迹，愚亦甚矣！

《庄子·渔父》

【译文】

有一个人，害怕自己的影子，讨厌自己的脚印，想摆脱影子和脚印就快步跑起来。可是步伐越快，脚印越多；跑得越紧，影子追得越紧。他自己认为还跑得太慢，更加拼命地跑个不停，最后精疲力竭累死了。这个人不知道停在阴暗的地方就不会有影子，静止不动就不会有脚印，真是太愚蠢了！

【说明】

这篇寓言讽刺不寻本究源解决问题，却盲目行事的愚人。

献　鸠

邯郸之民，以正月之旦献鸠于简子，简子大悦，厚赏之。客问其故。简子曰："正旦放生，亦有恩也。"

客曰："民知君之欲放之，竞而捕之，死者众矣。君如欲生之，不若禁民勿捕；捕而放之，恩过不相补矣。"简子曰："然！"

《列子·说符》

【译文】

邯郸这个地方的老百姓在正月初一那天，捉了大批的斑鸠向赵简子进献，赵简子非常高兴，给予厚赏。有个客人问这是什么原因。赵简子回答说："正月初一放生，表示我的恩德呀！”

客人说：“老百姓知道你要放生，所以大家都抢着去捕捉斑鸠，捕捉时打死的斑鸠可比抓住的要多得多呵！你如果真心要把这些捕捉到的斑鸠放生，还不如禁止老百姓再去捕捉斑鸠；如果捕来后再把它们放走，这种恩德是弥补不了为你捕捉时而打死斑鸠的过失的。”赵简子说：“你说得对。”

【说明】

这则寓言深刻地戳穿了古时统治者的虚伪性，揭露了那些沽名钓誉的人。

相法不准

有人问相者曰：“你向来相法，十分灵验，而今的相法，因何一些不应？”

相者促额曰：“今昔心相，有所不同：昔人凡遇方面大头的，必定富贵；而今遇方面大头的，反转落寞；惟是尖头尖嘴的，因他专会钻刺倒得富贵。叫我如何相得准？”

清·石成金《笑得好》

【译文】

有人问相面的人说：“你向来给人看相，十分灵验，而今天给人看相为什么有些不灵验？”

看相的人愁眉苦脸地说："今天同过去的心相，有所不同：过去凡是看见方面大头的，我就断他一定富贵；而今天看见方面大头的，反而要断他会转为冷落。惟有那些尖头尖嘴的人倒能得富贵，因为他们很善于钻营，很善于探听起居，以施逢迎。这叫我怎么能够相得准呢？"

【说明】

这则寓言故事通过看相人的一席话来鞭挞那些喜欢阿谀奉承并希图借此升官发财的人。

相剑者

相剑者曰："白所以为坚也，黄所以为牣也，黄白杂，则坚且牣，良剑也。"

难者曰："白所以为不牣也，黄所以为不坚也，黄白杂，则不坚且不牣也。又柔则锩，坚则折，剑折且锩，焉得为利剑？"

剑之情未革，而或以为良，或以为恶，说使之也。故有以聪明听说，则妄说者止；无以聪明听说，则尧桀无别矣。

《吕氏春秋·别类》

【译文】

鉴定宝剑的人说："呈白颜色是表示剑坚硬的，

呈黄颜色是表示柔韧的，黄色白色相混杂，那就表示既坚又韧，这就是好剑。”

有人反驳说：“白色表示不柔韧，黄色表示不坚硬，黄色白色相混杂，就表示既不坚又不韧。而且柔软就容易卷刃，坚硬容易折断，既容易折断又容易卷刃，怎么能说是利剑？”

剑的情况没有变化，但有的人认为它好，有的人认为它坏，这都是人为的议论所造成的。所以，用丰富的经验和敏锐的识别力去判断各种议论，那么，那些胡说乱道的人就得住口；如果没有丰富的经验和敏锐的识别能力去判断各种议论，那么，连尧和桀的好坏，你都会分辨不清的。

【说明】

这则寓言告诉人们，判断一件事物是好是坏，不能光听别人议论，自己要有主见，当然，这个主见不是主观臆测，而是来源于丰富的知识和经验，而更重要的是要通过实践检验。

薛谭学讴

薛谭学讴于秦青，未穷青之技，自谓尽之，遂辞归。秦青弗止，饯于郊衢，抚节悲歌，声振林木，响遏行云。薛谭乃谢，求反。终身不敢言归。

《列子·汤问》

【译文】

薛谭向秦青学习唱歌，还没有把秦青的本领全部学完，自己就以为统统都会了，便打算向老师告辞回家。秦青没有阻拦他，在城外的大路旁给他设酒饯行。席间，秦青轻轻地击着拍子，唱了一支十分悲壮的曲子，歌声把树林都震响了，使天上飘动着的彩云也停住不动了。薛谭听了，便连忙向老师谢罪请求回去继续学习。从此以后，他一辈子再也不敢说学成回家的话。

【说明】

这则寓言告诫人们，读书、学习浅尝辄止的人，不可能有大成就。学识技艺，是永远没有穷尽的。

学皆不精

项籍少时，学书不成，去；学剑，又不成。项梁怒之。曰：“书，足以记名姓而已；剑，一人敌，不足学。学万人敌。”于是项梁乃教籍兵法。籍大喜。略知其意，又不肯竟学。

《史记·项羽本纪》

【译文】

项籍年轻时，学习文字，没有学到家，便中止了；又学习剑术，又没有成。项梁对他发怒。项籍说：“文字，只够记录姓名罢了；剑术，只能跟单个人对抗。这都不值得学习。我要学习能够对抗万人的本领。”项梁于是传授项籍兵法。项籍大喜。但是，他略略了解兵法的大意之后，又不肯学完。

【说明】

一个人光有大志，而没有恒心，不肯孜孜不倦，精益求精，是不会取得成功的。

学 屠 龙

朱泙漫学屠龙于支离益，单千金之家，三年技成而无所用其巧。

《庄子·列御寇》

【译文】

朱泙漫去向支离益学习屠龙的本领，用尽了价值千金的全部家产，花费了三年时间，终于学会了。可是，天下哪里有龙可杀呢？因此，他走遍天下也无处可以施展他的本领。

【说明】

这则寓言说明，为屠龙而屠龙，其结果是无龙可屠，朱泙漫耗尽了家产，所学却是无法施展的本领。它告诫人们，钻研学问必须有的放矢，必须从社会生活实际需要出发，做到有益于社会，否则毫无价值。

学 弈

弈之为数，小数也，不专心致志，则不得也。弈秋，通国之善弈者也。使弈秋诲二人弈，其一人专心致志，惟弈秋之为听；一人虽听之，一心以为有鸿鹄将至，思援弓缴而射之。虽与之俱学，弗若之矣。为是其智弗若与？曰：非然也。

《孟子·告子上》

【译文】

下棋作为一种技艺，不过是一种小技艺而已，如果不专心致志，那就学不好。弈秋是全国的下棋圣手。假如让弈秋教授两人下棋，其中一人专心致志地学，一心只听弈秋讲；另一人虽然也听着，而心里却老想着有天鹅快飞过来了，准备拿弓箭去射它。这样，纵使和前一个人一块学习，但他的成绩一定不如前一个人。能说这是他的智慧不如人家吗？我说：显然不是这样的。

【说明】

两个条件差不多的学生，跟随一个老师就学，效果却不相同。这并不是因为他们的智力有很大的差别，而在于是否专心致志。这则寓言告诫人们，专心致志是学习的惟一秘诀，不二法门。如果自恃聪明，一心以为有鸿鹄将至，就是老师再好，也是学不好的。

揠苗助长

宋人有悯其苗之不长而揠之者，芒芒然归，谓其人曰："今日病矣，予助苗长矣！"其子趋而往视之，苗则槁矣。

《孟子·公孙丑上》

【译文】

宋国有个人，嫌他的庄稼长得太慢了，便跑到地里将禾苗一棵一棵拔高，然后疲劳不堪地回到家里对家里的人说："今天可把我累坏了，我帮助庄稼苗长高了一大截！"他儿子赶快跑到地里去一看，禾苗全都枯死了。

【说明】

这个宋人有一个良好的愿望和一股极高的热情，但他只凭主观想像办事，结果把事情搞糟了。这则寓言告诫人们，事物的发展都有自己的规律，任何人不能违背。违背了客观规律，就必然失败。

掩耳盗钟

范氏之亡也，百姓有得钟者。欲负而走，则钟大不可负。以椎毁之，钟况然有音，恐人闻之而夺己也，遽掩其耳。恶人闻之可也，恶己自闻之，悖矣。

《吕氏春秋·自知》

【译文】

范氏逃亡时，老百姓中有人得一口大钟。他想把钟背着回家，但钟很大背不动。他就用锤子把钟砸毁，刚砸下去，钟发出一阵巨响，他害怕别人听见钟声而从自己手里把钟夺走，就急忙用双手把自己的耳朵捂住。害怕别人听到是可以的，而害怕自己听到，以为自己把耳朵捂住，别人也就听不到了，这就太荒唐了。

【说明】

这个故事告诫人们，要尊重客观事实，否则，就只能是自己欺骗自己。

晏子使楚

晏子使楚。晏子短，楚人为小门于大门之侧而延晏子。晏子不入，曰：“使至狗国者，从狗门入，今臣使楚，不当从此门。”傧者更从大门入见楚王。

王曰：“齐无人耶？”

晏子对曰：“齐之临淄三百闾，张袂成帷，挥汗成雨，比肩继踵而在，何为无人？”

王曰：“然则何为使子？”

晏子对曰：“齐命使，各有所主，其贤者使贤主，不肖者使不肖主。婴最不肖，故宜使楚耳！”

西汉·刘向《说苑·奉使》

【译文】

晏子出使楚国，因为晏子身材矮小，楚国人有意嘲弄他，特地在大门旁边开个小门迎接他。晏子拒绝进去，说：“派到狗国的人，从狗洞里进去。现在我出使楚国，不应从这个门进去。”迎接的人只好改变主意，带他从大门进去见楚王。

楚王问：“齐国没有人了吗？”

晏子回答说：“齐国的都城临淄，是七千五百多户人家的大都市，张开衣袖，能围成大帷幕；挥挥汗珠像雨水飞洒。街上行人摩肩接踵，拥挤不堪，怎能说没有人了呢？”

楚王说：“既然这样，为什么要派你来呢？”

晏子回答说：“齐国派往各国的使者，都有所侧重：那些有才德的人派往有才德的国家；没有才德的人派往没有才德的国家。晏婴我最没有才德，因此被派往楚国。”

【说明】

这个故事颂扬了晏子的机智勇敢。它启发我

们，面对强敌的挑衅，要敢于和善于进行针锋相对的斗争。

燕雀相乐

燕雀争善处于一室之下，子母相哺也，姁姁焉相乐也，自以为安矣。灶突决则火上焚栋，燕雀颜色不变。是何也？乃不知祸之将及己也。

《吕氏春秋·谕大》

【译文】

燕雀互相追逐，亲昵地聚集在一座房子下面，母鸟哺育幼鸟，互相取乐，过着欢快的日子，自以为平安无事。忽然灶上的烟囱裂开了个口子，火冒了出来，向上烧着了屋梁，可是燕雀却安然自若。这是什么原因呢？是它们不知道将有大难临头。

【说明】

这个故事用以讽刺一些人只图眼前安逸不知居安思危；只图一家之欢，不顾国家安危。

杨布打狗

杨朱之弟曰布，衣素衣而出。天雨，解素衣，衣缁衣而反。其狗不知，迎而吠之。杨布怒，将扑之。

杨朱曰："子无扑矣，子亦犹是也。向者使汝狗白而往黑而来，岂能无怪哉？"

《列子·说符》

【译文】

杨朱的弟弟叫做杨布。有一天，他穿着白色的衣服出门去，因为遇着了大雨，打湿了衣服，便脱下白衣，换了一套黑色的衣服回家。他家的看门狗认不出杨布了，见他进门就迎上去向他汪汪地叫了起来。杨布十分恼火，拿了棍子要去打狗。

杨朱看见了，说道："你快不要打狗了，你自己有时也会这样行事的。倘若你的狗出去时是一身白的，回来的时候却变成了一身黑，那你难道不同样感到奇怪吗？"

【说明】

这则寓言说明，凡遇是非，务必先内求诸己，切莫忙于责人。否则便要像杨布那样，衣服变了而怪狗来咬他，那就太不客观了。

养猿于笼

人有养猿于笼十年，怜而放之，信宿而辄归。曰：“未远乎？”

舁而舍诸大谷。猿久笼而忘其习，遂无所得食，鸣而死。

是以古人慎失业也。

明·刘基《郁离子·虞孚》

【译文】

有个人用笼子养了一只猿猴，已经十年了，心里十分怜悯它，就把它放了。过了两天，这只猿猴又回来了。这人心里想：“是放得还不够远吧！”

于是，他就派人抬着猿猴，一直送到深山大谷里。这只猿猴由于长期生活在笼子里，忘记在野外觅食的习性，终于没法获得食物，哀鸣而死。

所以，人们应采取谨慎的态度，防止失掉自己的专长。

【说明】

它告诉人们一个道理：外部的条件经久不息地变化，水滴石穿，也能促成内部的变化。它还启示人们，不能养尊处优，丧失原来的求生本领。

叶 公 好 龙

叶公子高好龙，钩以写龙，凿以写龙，屋室雕文以写龙。于是天龙闻而下之，窥头于牖，施尾于堂。叶公见之，弃而还走，失其魂魄，五色无主。

是叶公非好龙也，好夫似龙而非龙者也。

西汉 · 刘向《新序 · 杂事》

【译文】

叶公子高很喜欢龙，衣服上的带钩刻着龙，酒壶、酒杯上刻着龙，房檐屋栋上雕刻着龙的花纹图案。他这样爱龙成癖，最后被天上的真龙知道了，便从天上降到叶公家。龙头在窗台上探望，龙尾伸进了大厅。叶公一看是真龙，吓得抱头缩脑转身就跑，好像掉了魂似的，脸上青一块、白一块、黄一块、紫一块、黑一块，简直不能控制自己。

由此看来，叶公并非真的喜欢龙啊！他所喜爱的只不过是那些似龙非龙的东西罢了！

【说明】

这则寓言故事讽刺那些名不副实、表里不一的人。

夜狸偷鸡

郁离子居山，夜有狸取其鸡，追之弗及。

明日，从者擭其入之所以鸡，狸来而絷焉。身缧而口足犹在鸡，且掠且夺之，至死弗肯舍也。

郁离子叹曰："人之死货利者，其犹是也。"

明·刘基《郁离子·虞孚》

【译文】

郁离子居住在山里，夜间有只野猫偷他家的鸡，起来追赶，也没有追上。

第二天，仆人在野猫钻出来的地方安置了捕兽工具，并用鸡作诱饵。就在当天晚上用绳索捆住了野猫。野猫的身子虽然被绳索捆住了，但嘴和爪子都死死地捉着鸡。仆人一边打，一边夺，野猫仍不肯把鸡放开。

郁离子叹了一口气说："为钱财利禄而死的人们，大概也像这只野猫吧！"

【说明】

这则寓言故事告诫人们，不要舍本逐末，贪小失大，不然，后果是可悲的。这则寓言也是对要钱不要命的人的辛辣讽刺。

一钱莫救

一人，性极鄙啬，道遇溪水新涨，吝出渡钱，乃拼命涉水。至中流，水急冲倒，漂流半里许。

其子在岸旁，觅舟救之。舟子索钱，一钱方往；子只出五分，断价良久不定。

其父垂死之际，回头顾其子大呼曰："我儿我儿！五分便救，一钱莫救！"

明·冯梦龙《广笑府·贪吝》

【译文】

有一个人，性格极为鄙啬，在外出的路上，遇上河水忽然上涨，吝啬得不肯出摆渡钱，他自己冒着生命危险涉水。人到河中，水势汹涌，把他冲倒，在水中漂流了大概半里路。

他的儿子在岸上，寻找船只去救助。船夫出价，要一钱才肯前去，儿子只同意出价五分，为了争执价钱相持了好长时间，而没有决断。

落水人在垂死的紧要关头还对着他的儿子大声呼喊："我的儿子呀！我的儿子呀！如果出价五分就来救，一钱就不要来救！"

【画山猫】轴 局部［清］艾启蒙 中国台北故宫博物院藏 71－6

【画山猫】轴 局部 [清] 艾启蒙 中国台北故宫博物院藏 71-6

【说明】

它告诫人们不要把钱看得太重，让自己成了守财奴，甚至因此丧命。

欹　器

孔子观于鲁桓公之庙，有欹器焉。孔子问于守庙者曰：“此为何器？”守庙者曰：“此盖为宥坐之器。”孔子曰：“吾闻宥坐之器者，虚则欹，中则正，满则覆。”孔子顾谓弟子曰：“注水焉！”弟子挹水而注之。中而正，满而覆，虚而欹。孔子喟然而叹曰：“吁！恶有满而不覆者哉！”

《荀子·宥坐》

【译文】

孔子到鲁桓公的祠里参观，看见有一个设计很巧妙的器皿。孔子问守祠的人说：“这是什么器皿？”

守祠的人回答说：“这就是置于座右以警戒自己的器皿。”

孔子说：“我听说座右的警器，空了就倾斜，不空不满就端正，满了就翻倒。”孔子接着回头对他的学生说：“灌水进去试试看吧！”

于是，学生便舀水往里面灌。果然，不空不满时器皿就端正，满了就翻倒，空了就倾斜。孔子很有感慨地说："唉！哪有灌满了而不翻倒的呢！"

【说明】

这则寓言说明，做人，做事，都要掌握一定的尺度，告诫人们，物及必反。

疑邻窃铁

人有亡铁者，意其邻之子。视其行步，窃铁也；颜色，窃铁也；言语，窃铁也，动作态度无为而不窃铁也。俄而扣其谷而得其铁，他日复见其邻人之子，动作态度无以似窃铁者。

《列子·说符》

【译文】

有一个人丢了一把斧头，心里怀疑是邻居的儿子偷去了。看他走路的姿态，像是偷了斧头的样子；看他脸上的神色，像是偷了斧头的样子；听他讲话的神情，也像是偷了斧头的样子。总之，观察他的一举一动、面目表情，没有一处不是像偷斧头的样子。不久，这个人到山谷里去掘地，找到了自己丢失的斧头。隔了几天，再看邻居的儿子，一举一动，面目表情，都不像偷斧头的样子了。

【说明】

这则寓言说明，主观成见是认识客观真理的障碍。当人以成见去观察世界时，必然歪曲客观事物的原貌。

以猫饲雏

雕鸟哺雏，无从得食，搂得一猫，置之巢中，将吃以饲雏。猫乃立噉其雏，次第俱尽。

雕不胜怒。猫曰："你莫嗔我，我是你请将来的。"

明·江盈科《雪涛谐史》

【译文】

老雕要喂哺小雏雕，但没有地方得到食物，只抓到一只猫，就放进巢里，想吃掉它喂雏雕。猫竟然立即吃起雏雕来了，挨次地把它们一一吃掉了。

老雕十分愤怒。猫对它说："你莫怪我，我是你请进来的呀。"

【说明】

恶人总是以害人开始，害己告终。

以屠知女

齐王厚送女，欲妻屠牛吐，屠牛吐辞以疾。其友曰：“子终死腥臭之肆而已乎？何为辞之？”吐应之曰：“其女丑。”其友曰：“子何以知之？”吐曰：“以吾屠知之。”其友曰：“何谓也？”吐曰：“吾肉善，如量而去，苦少耳；吾肉不善，虽以他附益之，尚犹贾不售。今厚送子，子丑故耳。”

其友后见之，果丑。

《韩诗外传》

【译文】

齐王为女儿准备丰厚的陪嫁财物，想将女儿嫁给名叫吐的宰牛人为妻。宰牛人吐以自己身患疾病而推辞。他的朋友说：“你难道愿意终身呆在这腥臭的屠宰铺么？为什么推辞这件婚事？”吐回答朋友说：“他的女儿长得丑。”他的朋友说：“你怎么知道他的女儿长得丑？”吐说：“凭我屠宰的经验知道的。”他的朋友说：“这话怎讲？”吐说：“我宰杀的肉质好，给足分量顾客就走了，惟恐肉少供不应求；我宰杀的肉质不好，虽然附加上别的东西，尚且担忧卖不出去。现在齐王以丰厚的财物陪嫁女儿，是女儿长得丑的缘故。”

他的朋友后来见到齐王的女儿，果然丑。

【说明】

这篇寓言是说，有些事物虽然不能直接见到，却可以用类推的方法来判断。

一叶障目

楚人居贫，读《淮南子》得“螳螂伺蝉自障叶，可以隐形”。遂于树下仰取叶。螳螂执叶伺蝉，以摘之，叶落树下；树下先有落叶，不能复分别，扫取数斗归。一一以叶自障，问其妻曰：“汝见我不？”妻始时恒答言：“见。”经日乃厌倦不堪，绐云：“不见。”嘿然大喜，赍叶入市，对面取人物，吏遂缚诣县。县官受辞，自说本末。官大笑，放而不治。

三国·魏·邯郸淳《笑林》

【译文】

楚国有个人非常贫苦，读了《淮南子》，知道螳螂捕捉知了时用一片树叶把自己遮蔽起来，就可以隐形，使知了看不到自己。于是，他便站在树下仰面朝上，摘取树叶。当他看见螳螂攀着树叶侦候知了的时候，他便把这片树叶摘了下来，结果树叶掉落在地下，而树下原先有许多树叶，再也分不清哪一片树叶是他想用来隐形的。于是他扫了好几斗

树叶回去，一片一片地拿来遮蔽自己，还不时地问老婆：“你看得见我吗？”老婆开头总是说：“看得见。”被他打扰了一整天，已经厌烦极了，丈夫仍然纠缠不休，老婆就干脆哄骗他说：“看不见了。”这个人嘿嘿地笑了起来，显得异常高兴。他带着这片树叶跑到街上去，当着别人的面偷东西，给官吏抓着送到县衙门去了。县官审问他，他便把此事的始末原原本本地说了一遍。县官听了大笑不止，没治罪就把他放了。

【说明】

这则寓言故事讽刺书呆子，同时也讽刺那些干坏事的人——他们总以为有什么高明手法可以把不光彩的事遮挡起来，其实，纸是包不住火的。

引婴投江

有过于江上者，见人方引婴儿而欲投之江中，婴儿啼。人问其故，曰：“此其父善游。”其父虽善游，其子岂遽善游哉？以此任物，亦必悖矣。

《吕氏春秋·察今》

【译文】

有个人从江边经过，看见一个人正抱着一个婴儿要往江中扔，婴儿大声啼哭。这个人问他为什么这样做，回答说："这孩子的父亲非常善于游泳。"父亲虽然善于游泳，儿子难道也就善于游泳吗？用这种方法来处理事物，也一定是荒谬的。

【说明】

这篇寓言嘲笑了那些头脑僵化、不问实际情况的人。

郢书燕说

郢人有遗相国书者，夜书，火不明，因谓持烛者曰："举烛。"云而过书举烛。举烛，非书意也，燕相受书而说之，曰："举烛者，尚明也，尚明也者，举贤而任之。"燕相白王，王大说，国以治。治则治矣，非书意也。今世举学者多似此类。

《韩非子·外储说左上》

【译文】

楚国的都城有人给燕国的相国写信，他是在夜里写的，写时光线不够亮，便吩咐捧蜡烛的人说："举烛！"说着，便顺手在信上写上了"举烛"两个字。其实，"举烛"这两个字并不是信里要说的旨意。燕国的相国收到他的信后，却解释说："举烛的意思，是崇尚光明呵！崇尚光明，这就要选拔贤德的人来加以任用。"燕国的相国便对自己的国君说了这个意思，国君听了十分高兴地照着去办，国家因此得到了治理。国家固然是治理好了，但是"举烛"毕竟不是信中的旨意。如今的学者也多有类似的情况。

【说明】

寓言尖锐地讽刺了一些人随意穿凿附会的治学态度。它告诫人们，做学问不能断章取义，胡乱解释前人的片言只语，从中寻求什么微言大义。

有钱者生

园翁种茄不活，每以为患。因问计于老圃，老圃曰："每茄苗一株，旁埋铜钱一文，则活矣！"

园翁问何故？

答曰："汝不闻有钱者生，无钱者死？"

明·冯梦龙《广笑府·贪吝》

【译文】

有个园圃的老汉种茄子种不活，常常为此而苦恼。于是，他去讨教管理园圃的老汉，管理园圃的老汉告诉他："每种一株茄苗，在旁边埋下铜钱一文，这样，茄子就可以种活了。”

园圃老汉问：“为什么要这样做？”

管理园圃的老汉回答说：“‘有钱者生，无钱者死’。你不是也听过这样的话吗？”

【说明】

这里是对“钱能通天”的有力控诉：富人有钱，可以买官做，可以杀人不偿命；穷人无钱，只能被压榨、杀害。

有天没日

夏天炎热，有几位官长同在一处商议公事，偶然闲谈天气酷暑，何处乘凉？有云：“某花园水阁上甚凉。”有云：“某寺院大殿上甚凉。”

旁边许多百姓齐声曰：“诸位老爷要凉快，总不如某衙门公堂上甚凉。”众官惊问何以知之？答曰：“此是有天没日头的所在，怎么不凉！”

清·石成金《笑得好》

【译文】

夏天非常炎热，有几位官长在一起商讨公事，偶然间闲谈天气酷热，可在什么地方乘凉？有的说：“某花园水中的阁楼很凉快。”有的说：“某寺院的大殿上很凉快。”

旁边许多百姓听到他们的争论，异口同声地说：“诸位老爷，要说凉快，总不如某衙门公堂上凉快。”众官惊异地问道：“怎么知道衙门公堂上很凉快？”百姓回答说：“那儿是有天没日头的所在地，怎么会不凉呢！”

【说明】

这则寓言故事以幽默的笔触，犀利的语言，揭露了衙门公堂残害人民的本质。

愚公移山

太行、王屋二山，方七百里，高万仞。本在冀州之南，河阳之北。

北山愚公者，年且九十，面山而居，惩山北之塞，出入之迂也，聚室而谋曰：“吾与汝毕力平险，指通豫南，达于汉阴，可乎？”杂然相许。

其妻献疑曰：“以君之力，曾不能损魁父之丘，如太行、王屋何？且焉置土石？”

杂曰：“投诸渤海之尾，隐土之北。”

遂率子孙荷担者三夫，叩石垦壤，箕畚运于渤海之尾。邻人京城氏之孀妻有遗男，始龀，跳往助之。寒暑易节，始一反焉。

河曲智叟笑而止之，曰：“甚矣，汝之不惠！以残年余力，曾不能毁山之一毛，其如土石何？”

北山愚公长息曰：“汝心之固，固不可彻，曾不若孀妻弱子！虽我之死，有子存焉；子又生孙，孙又生子；子又有子，子又有孙。子子孙孙，无穷匮也，而山不加增，何苦而不平？”河曲智叟亡以应。

操蛇之神闻之，惧其不已也，告之于帝。帝感其诚，命夸娥氏二子负二山，一厝朔东，一厝雍南。自此冀之南，汉之阴，无陇断焉。

《列子·汤问》

【译文】

太行和王屋这两座大山，方圆七百里，高达万丈。它们本来位于冀州的南面，河阳的北面。

在北山里有一个名叫愚公的老汉，年纪快九十岁了。他的家正面对着两座大山。他苦于大山阻隔交通，出进总要绕很大的圈子，因此，他召集全家的人一起商量说：“我和你们一道使用毕生的精力来搬掉门前这两座大山，打通一条通到豫州南部大道，直达汉水南面，你们说可以吗？”大家异口同声地表示赞成。

惟有他的老伴提出疑问，说：“凭你这点力量，就连魁父那样小的山也挖不掉一点，又怎能对付太行、王屋这样两座大山呢？再说，挖出来的那些泥土石块，又把它们往哪里放呢？”

大家异口同声地说：“把这些泥土石块扔到渤海的尽头和隐土的北边去。”

于是愚公就率领子孙三人挑着担子，开始凿石头，挖土块，用畚箕把石土运到渤海的尽头去。他们的邻居京城氏的寡妇有一个孤儿，刚换奶牙，也蹦蹦跳跳地去帮忙。从冬天到夏天，他们才往返一次。

黄河边上有一个名叫智叟的人看到愚公率领子孙挖山，便鄙夷地笑着劝阻愚公说：“你怎么傻到这个地步了呢，像你这样年老力衰的人，就是连山上的一根茅草恐怕也很难拔掉，又怎么搬得了这么多的石块、泥土呢！”

北山的愚公长长地叹了一口气说：“你的思想真顽固，顽固到了无法改变的地步，连孤儿寡妇都不如。要知道，就是我死了，可是我的儿子还活着；儿子又生孙子，孙子又生儿子，儿子又生儿子，儿子又有孙子，这样，子子孙孙，是没有穷尽的呀！而山却不会再增高了，怎么怕挖不平呢？”河曲的那个智叟听了无言答对。

握着蛇的山神听到了，害怕愚公没完没了地干下去，便去报告上帝。上帝被愚公的这种虔诚和毅力所感动，于是就命令大力神夸娥氏的两个儿子把这两座山背走，一座放在朔州的东部，一座放在雍州的南部。从此以后，冀州和汉水以南，再也没有高山阻塞了。

【说明】

愚公以他无限延续下去的子孙的力量，要挖掉太行、王屋这两座有限的大山，是没有挖不平的道理的。反映了古人有坚韧不拔的毅力和顽强改造自然的精神。对于利国利民的事，就要像愚公那样，充满必胜的信心，不畏难，不动摇，坚持不懈地干下去，这就是这则寓言给人们的启示。

与狐谋皮

周人有爱裘而好珍羞，欲为千金之裘而与狐谋其皮，欲具少牢之珍而与羊谋其羞。言未卒，狐相率逃重邱之下，羊相呼藏于深林之中。故周人十年不制一裘，五年不具一牢。何者？周人之谋失之矣！

宋·李昉等《太平御览》

【译文】

周朝有人爱穿皮袍又喜欢精美的食品。他想做一件极为珍贵的皮袍，去同狐狸商量，希望狐狸把皮献出来；他想办一桌牛羊猪三牲齐全的酒席，去跟羊商量，希望羊同意把它宰了做食物。话尚未说完，狐狸邀集同伴一块躲进了深山，羊招

呼同伴一起藏进了密林。因此，这个周人十年做不成一件皮袄，五年办不成一桌酒席。什么原因呢？他去找狐狸和羊商量的办法是错误的。

【说明】

这则寓言故事告诉人们，在特定的情况下，不要过早地公开自己行动的目标和计划，否则就会导致失败。也比喻跟恶人商量要他放弃自己的利益，绝对办不到。

鹬蚌相争

蚌方出曝，而鹬啄其肉，蚌合而钳其喙。鹬曰：“今日不雨，明日不雨，即有死蚌。”蚌亦谓鹬曰：“今日不出，明日不出，即有死鹬。”两者不肯相舍，渔者得而并禽之。

《战国策·燕二》

【译文】

一只河蚌正张开两壳晒太阳，飞来了一只鹬鸟伸嘴去啄它身上的肉，河蚌急忙合起两壳，紧紧地钳住鹬鸟的嘴巴。鹬鸟说：“今天不下雨，明天不下雨，就会有死蚌肉吃。”河蚌也对鹬鸟说：“今天不放你，明天不放你，就会有只死鹬鸟。”两个相持不下，谁也不肯放松，有一个渔夫走过来看见了，便把它们一起捉走了。

【说明】

这则寓言说的两相争斗，忘了共同敌人，结果就会两败俱伤，给敌人制造机会，给自己带来灾殃。

远水不救近火

鲁穆公使众公子或宦于晋。或宦于荆。犁钼曰：“假人于越而救溺子，越人虽善游，子必不生矣。失火而取水于海，海水虽多，火必不灭矣，远水不救近火也。今晋与荆虽强，而齐近鲁，患其不救乎？”

《韩非子·说林上》

【译文】

鲁穆公把自己的王子和公主纷纷送到远离鲁国的晋国、楚国去结亲和做官，想以此来联合这两个大国。鲁国的大夫犁钼对鲁穆公说：“如果您到越国去求人来救您快要淹死的儿子，越国人虽然最善于游泳，也救不活您的儿子；如果鲁国京城失火而到海里去取水灭火，海水虽多，火也不会灭得了。这是因为远水不能救近火。晋国与楚国虽然强盛，但远离鲁，而齐国离我们这么近，如果齐国侵犯鲁国，晋国和楚国怎么来得及帮助我们呢？”

【说明】

这里明确指出，舍近求远，以缓济急，不是解决问题的办法。

越 王 好 勇

昔越王勾践好士之勇，教驯其臣，私令人焚舟失火，试其士曰：“越国之宝尽在此。”越王亲自鼓其士而进之。士闻鼓音，破阵乱行，蹈火而死者，左右百人有余。越王击金而退之。

《墨子·兼爱中》

【译文】

从前，越王勾践很喜欢士人的勇敢精神，平时就注意对他们进行严格训练，他暗地里派人去焚烧船只，声言发生了火灾，并对士人说：“越国的珍贵财宝全装在里面。”勾践亲自擂鼓激励士人往前冲。士人听到鼓声，不顾行列齐整，冲进火区救火，被烧死的近臣就有一百多人。越王鸣锣后士人才退下来。

【说明】

这篇寓言是说，勇敢精神要靠平时的严格训练。

臧谷亡羊

臧与谷，二人相与牧羊而俱亡其羊。

问臧奚事，则挟筴读书；问谷奚事，则博塞以游。二人者，事业不同，其于亡羊均也。

《庄子·骈拇》

【译文】

臧和谷两个人一起去放羊，却把羊全丢了。

问臧干什么事情去了，说是拿着竹简在读书；问谷干什么事情去了，说是在和别人掷骰子游戏。他们两个人干的事情不相同，但在丢失了羊这一点上却是相同的。

【说明】

这则寓言，告诉人们必须尽心做好本职工作。臧、谷二人名为放羊其实根本没有管好羊。玩忽职守，不负责任，不论具体原因如何，其损失都是一样的，因而都是不对的。

造父学御

造父之师曰泰豆氏。造父之始从习御也，执礼甚卑，泰豆三年不告。造父执礼愈谨，乃告之曰：“古诗言：‘良弓之子，必先为箕；良冶之子，必先为裘。’汝先观吾趣。趣如吾，然后六辔可持，六马可御。”造父曰：“惟命所从。”

泰豆乃立木为涂，仅可容足，计步而置。履之而行，趣走往还，无跌失也。造父学之，三日尽其巧。

泰豆叹曰：“子何其敏也？得之捷乎！凡所御者，亦如此也。曩汝之行，得之于足，应之于心。推于御也，齐辑乎辔衔之际，而急缓乎唇吻之和，正度乎胸臆之中，而执节乎掌握之间。内得于中心，而外合于马志，是故能进退履绳而旋曲中规矩，取道致远而气力有余，诚得其术也。得之于衔，应之于辔；得之于辔，应之于手；得之于手，应之于心。则不以目视，不以策驱；心闲体正，六辔不乱，而二十四蹄所投无差；回旋进退，莫不中节。然后舆轮之外可使无余辙，马蹄之外可使无余地；未尝觉山谷之崄，原隰之夷，视之一也。吾术穷矣，汝其识之！”

《列子·汤问》

【译文】

造父的老师叫泰豆氏。造父刚开始跟他学驾车，对他行礼很谦恭，而泰豆三年不把技术传授给他。造父对老师更加恭谨，于是泰豆告诉他说：“古诗说过：‘做弓的好工匠，必须先学编簸箕；擅长冶炼的工人，必须先学皮革处理。’你先看我快步走路。能走得像我那样熟练，之后才可以手握六根马缰绳，驾驭六匹马拉车。”造父说：“完全遵照你的教导办。”

泰豆便栽上一根根木桩当路，每根木桩的面积仅够放上一只脚，木桩之间的距离是按一步路一根放置的。人踩在木桩上行走，快步往返，决不会失足跌倒。造父跟着老师学，三天时间就掌握了全部技巧。

泰豆感慨道：“你怎么那样灵敏？掌握得这样快啊！凡是驾车的人，也是像这样的。前时你走路，得力于足下，足下又是顺应心的指挥。把这个道理推广到驾车上来，就是通过协调马缰绳、马嚼子使车子走得平稳，控制调和马口使车走得或快或慢，正确的驾车法则在你心中，控制御马的节奏则由你的手来掌握。你内心懂得了驾车的法则，对外你又能适应马的脾气，因之能做到进退笔直，旋转合乎圆规曲尺的要求，跑的路远可是力气依然用不完，这样才可以说真正掌握了驾车的技术。控制住马嚼子，顺应着缰绳；掌握马缰绳，是顺应着手的操纵；

手的操纵，是听从心的指挥。那就可以不用眼睛看，不用马鞭子赶；心里悠闲自得，身体坐得端端正正，而六根马缰绳一点不乱，二十四只马蹄跨出去没有丝毫差错；倒车转弯，或进或退，没有不合拍的。这样，车道的大小仅能容纳车轮就够了，马蹄踏的宽度之外，不必有多余的地盘；从来不会觉得山谷的崎岖危险，原野的宽阔平坦，在我看来，它们都一样。我的技术全部说完了，你好好记住它！”

【说明】

这则寓言特别强调了训练基本功的重要，基本功扎实，提高就快。

曾母投杼

昔者曾子处费，费人有与曾子同名族者而杀人，人告曾子母曰：“曾参杀人。”

曾子之母曰：“吾子不杀人。”织自若。

有顷焉，人又曰：“曾参杀人。”其母尚织自若也。

顷之，一人又告之曰：“曾参杀人。”其母惧，投杼窬墙而走。

《战国策 · 秦二》

【译文】

从前，曾参住在鲁国费地，费地有一个人与曾参同名同姓，杀死了一个人。有人就跑来告诉曾参的母亲说：“曾参杀了人！”

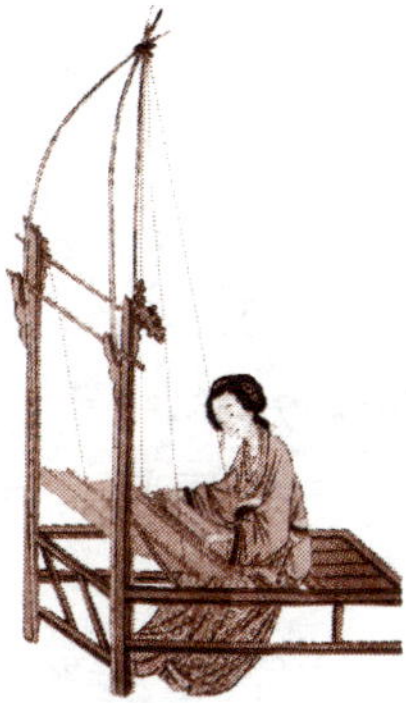

曾参的母亲说：“我的儿子是不会杀人的。”说完，便只管织自己的布。

过了一会儿，别人又跑来说：“曾参杀了人！”曾参的母亲还是照常织着自己的布。

又过了一会儿，又跑来一个人告诉说：“曾参杀了人！”曾参的母亲便害怕起来，连忙丢掉织布的梭子，爬墙逃走了。

【说明】

知子莫若母，曾母对曾参是完全了解，完全相信的。然而一而再、再而三地听到别人说曾参杀人，他的母亲也信以为真了。这说明，曾母对自己的儿子还没有做到深信不疑。一个国君，对自己的贤明大臣，决不能像曾母对自己的儿子那样，听信谗言，加以怀疑。这也说明，谎话多说几遍，也能使人相信，谣言传播开来，便会迷惑人心。

曾子杀彘

曾子之妻之市，其子随之而泣。其母曰：“女还，顾反为女杀彘。”

妻适市来，曾子欲捕彘杀之，妻止之曰：“特与婴儿戏耳。”

曾子曰：“婴儿非与戏也。婴儿非有知也，待父母而学者也，听父母之教。今子欺之，是教子欺也。母欺子，子而不信其母，非所以成教也。”

遂烹彘也。

《韩非子·外储说左上》

【译文】

曾参的老婆要到集市去，她的儿子跟在后面哭哭啼啼。孩子的妈妈说：“你回去吧，等我回来给你杀猪吃。”

曾参的老婆刚从集市回来，曾参便马上要捉猪准备杀掉它，他的老婆制止他，说：“我只不过是和孩子说着玩的。”

曾参说：“和小孩怎么可以这样随便开玩笑呢，小孩子不懂事，他们跟着父母学，聆听父母的教诲。现在你欺骗他，就是教孩子学着骗人呀！做母亲的骗儿子，儿子也就不相信他的母亲，这不是教育孩子的好办法啊！”

说完，曾参就把杀好的猪煮给孩子吃。

【说明】

曾参用自己的行动教育孩子要言而有信。诚实待人，这种教育方法是可取的。它告诫人们，成人的言行对孩子影响很大，不可不检点，做父母师长的要特别注意言传身教。

赵襄主学御

赵襄主学御于王子期，俄而与於期逐，三易马而三后。

襄主曰：“子之教我御术未尽也。”

对曰：“术已尽，用之则过也。凡御之所贵，马体安于车，人心调于马，而后可以进速致远。今君后则欲逮臣，先则恐逮于臣。夫诱道争远，非先则后也。而先后心在于臣，上何以调于马，此君之所以后也。”

《韩非子·喻老》

【译文】

赵襄主向王子期学习驾车，学习不久之后就和王子期比赛，赵襄主换了三次马，三次都落后了。

赵襄主说：“你教我驾车，没有把真本事全传

给我。”

王子期回答说：“本事都教给您了呀？但您使用得不对头呵！大凡驾车特别注重的是，要使马套在车辕里很舒适，人的心意要跟马的动作协调，这样才可以加快速度，达到目的。现在国君在落后时就一心想追上我，跑在前面时又怕我赶上，其实驾车赛跑这件事，不是跑在前面就是掉在后面。而您不管是跑在前面，还是掉在后面，都总是把心事用在和我比输赢上，这样怎么能有心思去调马呢？这就是您为什么会落后的原因了。”

【说明】

这则寓言故事告诫人们，做任何事，如果不专心致志，而只考虑个人利害得失，就会事与愿违。做学问也是如此，只有抛弃杂念，集中精神，才能使自己的智能得以充分发挥，取得好的成绩。

郑人买履

郑人有且置履者，先自度其足而置之其坐；至之市而忘操之，已得履，乃曰：“吾忘持度。”反归取之，及反，市罢，遂不得履。

人曰："何不试之以足？"

曰："宁信度，无自信也。"

《韩非子·外储说左上》

【译文】

郑国有一个人想去买一双鞋，先比量了一下自己的脚，然后画了一个底样的尺码放在座位上。到了集市上，却忘记带尺码。他拿起鞋子，才说："我忘了拿量好的尺码来了。"于是，赶紧跑回去拿底样。等到他赶回来时，集市已散了，鞋子也就没有买成。

有人问他说："你为什么不用自己的脚去试鞋子呢？"

他说："我宁可相信自己量好的尺码，也不相信自己的脚。"

【说明】

宁肯相信量好的尺码而不相信自己的脚的愚蠢可笑的故事，讽刺那些墨守成规、迷信教条、不相信客观实际的人。

指鹿为马

赵高欲为乱，恐群臣不听，乃先设验。持鹿献于二世，曰："马也。"

二世笑曰："丞相误邪？谓鹿为马。"问左右，左右或默，或言马以阿顺赵高。或言鹿（者），高因阴中诸言鹿者以法。后群臣皆畏高。

《史记·秦始皇本纪》

【译文】

赵高图谋篡夺秦二世的皇位，惟恐群臣不服从他的指挥，于是设法事先进行试探。有一天，他把一只鹿献给二世，对二世说："这是一匹马。"

二世一愣，笑着说道："丞相搞错了吧？明明是鹿，你怎么说是马呢？"二世问身边的大臣们，大臣们有的沉默不语，有的说是马，以讨好赵高。也有耿直的人说是鹿的，赵高就在暗中陷害他们。此后，群臣们都害怕赵高了。

【说明】

这则寓言深刻地揭露了那些依仗权势、颠倒是非、欺上压下的野心家的丑恶嘴脸。

智子疑邻

宋有富人，天雨墙坏，其子曰："不筑，必将有盗。"其邻人之父亦云。

暮而果大亡其财。

其家甚智其子，而疑邻人之父。

《韩非子·说难》

【译文】

宋国有个有钱的人，天下大雨，把他家的墙壁冲塌了。他儿子说："如果不赶快把墙修好，小偷一定会爬进来偷东西。"邻居的老大爷也这样警告他。

当天夜里，他家果真被小偷盗走了大量的财物。

事后，这个有钱人的家里极力称赞自己的儿子有先见之明，而对邻居的老大爷却产生了怀疑。

【说明】

它告诫人们，如果不尊重事实，而用亲疏和感情作为判断是非的标准，就会主观臆测，得出错误的结论。

周人怀璞

郑人谓玉未理者为璞；周人谓鼠未腊者为璞。周人怀璞，谓郑贾曰："欲买璞乎？"

郑贾曰："欲之。"出其璞视之，乃鼠也。因谢不取。

《尹文子·大道下》

【译文】

郑国人称没有加工雕琢的玉石为璞，周人称没有腌制成干肉的老鼠为璞。有一天，周人怀里揣着没有加工腌制的老鼠问郑国商人："你想买璞吗？"

郑国商人回答说："想买。"周人便从怀里掏出他带来的璞，原来是一只死老鼠。郑国商人看了恶心，连忙谢绝了。

【说明】

这则寓言告诫人们，当对某一事物决定取舍的时候，不能光听它的名称，最好先看看它的实际内容。

邹忌比美

邹忌修八尺有余，身体昳丽。朝服衣冠窥镜，谓其妻曰："我孰与城北徐公美？"

其妻曰："君美甚，徐公何能及君也！"城北徐公，齐国之美丽者也，忌不自信，而复问其妾曰："吾孰与徐公美？"

妾曰："徐公何能及君也！"

旦日，客从外来，与坐谈，问之客曰："吾与徐公孰美？"

客曰："徐公不若君之美也！"

明日，徐公来。孰视之，自以为不如；窥镜而自视，又弗如远甚。暮，寝而思之曰："吾妻之美我者，私我也；妾之美我者，畏我也；客人之美我者，欲有求于我也。"

《战国策·齐一》

【译文】

齐国的相国邹忌身长八尺多，长得十分魁梧漂亮。一天早晨，他穿上衣服，戴好帽子，对着镜子端详了一番，问他妻子说："你看我比住在城北的徐公哪一个漂亮呢？"

他妻子回答说："你漂亮得多，徐公哪能比得上你呢？"

城北的徐公，是名闻齐国的美男子。邹忌不相信自己会比徐公更漂亮，所以，又去问他的小老婆："你看，我和城北的徐公相比，哪一个漂亮呢？"

小老婆回答说："徐公哪里比得上你漂亮呢？"

过了一天，从外边来了一个客人，邹忌和他坐谈

时，又问客人说：“我和徐公相比，哪一个漂亮呢？”

客人回答说：“徐公没有你漂亮呵！”

又过了一天，城北的徐公亲自到邹忌的家里来了，邹忌就把徐公的面貌、身材、姿态等诸方面都仔细地观察了一番，深深感到自己没有徐公那样漂亮，再对着镜子又端详了一会，更感觉到自己比徐公差得很远。

到了晚上，邹忌睡在床上认真地思索了一番，说：“我的妻子说我漂亮，是偏爱我；我的小老婆说我漂亮，是害怕我；客人说我漂亮，是因为对我有所求，并非自己真的比徐公漂亮啊！”

【说明】

这则寓言故事说明，人要有自知之明，不要听信自己身边亲近的人，或者有求于己的那些人的阿谀奉承之言。

经典国学口袋书

01 周易
02 道德经
03 庄子
04 论语
05 孟子
06 大学·中庸
07 孙子兵法
08 三十六计
09 百战奇略
10 六韬·三略
11 山海经
12 左传
13 战国策
14 史记·本纪
15 史记·世家
16 史记·列传
17 汉书
18 后汉书
19 三国志
20 吕氏春秋
21 资治通鉴
22 中国通史
23 中华上下五千年
24 贞观政要
25 中国古代文化常识
26 中国古代名言警句
27 徐霞客游记
28 容斋随笔
29 金刚经
30 忍经·劝忍百箴
31 忠经·孝经
32 智囊
33 梦溪笔谈
34 本草纲目
35 黄帝内经
36 菜根谭
37 小窗幽记
38 颜氏家训
39 围炉夜话
40 曾国藩家书
41 诗经
42 楚辞
43 古诗
44 唐诗三百首
45 宋词三百首
46 元曲三百首
47 千家诗
48 豪放词
49 婉约词
50 世说新语
51 笑林广记
52 古文观止
53 唐宋八大家散文
54 诸子百家名句赏析
55 四书五经名句赏析
56 二十五史名句赏析
57 古代散文名句赏析
58 古代诗词名句赏析
59 红楼梦诗词名句赏析
60 阅微草堂笔记
61 闲情偶寄
62 三字经·百家姓
63 幼学琼林
64 声律启蒙·弟子规
65 千字文·增广贤文
66 对联
67 俗语
68 谚语
69 歇后语
70 格言联璧
71 中华寓言故事
72 中华典故故事
73 中华成语故事
74 中国十大喜剧故事
75 中国十大悲剧故事
76 中国皇帝传
77 中国皇后传
78 中国宰相传
79 中国将帅传
80 白话聊斋

7-17 【画白海青】轴 局部 [清] 贺清泰 中国台北故宫博物院藏

71－7　【画白海清】轴　局部［清］贺清泰　中国台北故宫博物院藏